Franz Winter

Operation Rheingold

Roman

Franz Winter

Operation Rheingold

Roman

braumüller
literaturverlag

Bibliografische Information der Deutschen Nationalbibliothek
Die Deutsche Nationalbibliothek verzeichnet diese Publikation in der Deutschen Nationalbibliografie; detaillierte bibliografische Daten sind im Internet über http://dnb.d-nb.de abrufbar.

Printed in Austria

1. Auflage 2011

Servitengasse 5, A-1090 Wien
www.braumueller.at

Coverfoto: Gerhard Klackl
Druck: Druckerei Theiss GmbH, A-9431 St. Stefan im Lavanttal
ISBN 978-3-99200-041-8

Dem Andenken meiner Mutter gewidmet

Nur wer der Minne
Macht versagt,
nur wer der Liebe
Lust verjagt,
nur der erzielt sich den Zauber
zum Reif zu zwingen das Gold.

Rheingold!
Reines Gold!
O leuchtete noch
in der Tiefe dein laut'rer Tand!
Traulich und treu
ist's nur in der Tiefe:
falsch und feig
ist, was dort oben sich freut!

Richard Wagner, *Das Rheingold*

Salzburg

Es war in der Pause vor „Heldenleben", als sein Mobiltelefon das Signal für eine Kurzmitteilung in die Tasche seiner Frackhose schnurrte, selbstverständlich tonlos, er war schließlich Oboist, Solo-Oboist bei den Berliner Philharmonikern und wusste, was sich während eines Konzertes gehörte, beziehungsweise nicht gehörte.

<Bitten dringend um Rückruf – GK nicht vom Berg zurück – Bergwacht verständigt – nicht gef. – brauchen Ihre Hilfe – Gerd unterwegs nach Sbg – 03622/8275 – AZ>

GK nicht vom Berg zurück. Gottfried Kronstein. Und Gerd Zisk unterwegs nach Salzburg. Die SMS ist also von seinem Bruder Albin, dachte er, während das erste Klingelzeichen das Ende der Pause ankündigte. Er bezahlte seinen Kaffee, nahm den letzten Schluck von seinem Aspirinwasser, notierte die angegebene Telefonnummer auf dem Kassenbon und wäre beim Überqueren der Straße fast von einem dunkelblauen BMW-Cabrio angefahren worden, das viel zu schnell um die Ecke der Pferdeschwemme Richtung Neutor bog.

Vor dem Künstlereingang tippte er die Grundlseer Nummer ein, hielt sich aber abseits der Kollegen, von denen sich die meisten anschickten, das Festspielhaus durch den so genannten Karajaneingang wieder zu betreten.

„Albin Zisk …"

„Ja, hier ist Andreas Rothmann, ich sollte zurückrufen …"

„Vielen Dank, Andreas! Ja, Gottfried Kronstein ist noch immer nicht da und die Bergwacht weiß nicht, wo sie noch suchen soll. Sie bittet Sie, zurückzukommen, um ihr den genauen Ort zu zeigen, wo Sie sich gestern Morgen getrennt haben. Morgen Früh würden sie mit dem Helikopter hinauffliegen. Gerd ist schon unterwegs, um Sie nach dem Konzert hinauszufahren. Hoffentlich geht das so …!"

Das zweite Pausenzeichen schrillte. Die letzten noch verbliebenen Kollegen traten ihre Zigaretten aus, Gernot Seeberg, der Klarinettist, winkte ihm, zu kommen.

„Andreas …?"

„Ja! – Aber wir fliegen morgen Vormittag nach London, wir haben dort übermorgen Konzert!"

„Das wissen wir, Andreas, wir sind dabei, einen Flug für Sie zu organisieren, morgen Abend von Salzburg aus, oder von München, wohin wir Sie selbstverständlich bringen würden. - - - Es wäre sehr wichtig, dass Sie kommen …!"

Andreas Rothmann stand jetzt allein vor dem Karajaneingang.

„Andreas? Hören Sie mich noch?"

„Ja, – ja!", hörte er sich sagen. „Aber ich muss das alles nach dem Konzert erst organisieren!"

„Also kommen Sie?"

Das dritte Klingelzeichen begann ihn nervös zu machen.

„Ja! Aber – ich muss jetzt hinein!"

„Danke! Wo soll Gerd Sie abholen?"

„Vom Hotel, ich muss ja noch packen!"

„Von welchem, Andreas, ich werde es Gerd durchsagen!"

„Vom Plaza Crowne, Gerd kennt es ja. Dort, wo wir uns vorgestern getroffen haben! Aber ich muss jetzt wirklich aufhören, Albin!"

„Ist klar, Andreas! Danke noch mal! Bis später, und ein schönes Konzert noch!"

„Danke, bis später also!"

Er fand fast die Taste zur Gesprächsbeendigung nicht, rannte durch den langen Gang zur Orchestergarderobe, um sein Instrument zu holen, währenddessen schon der Auftrittsapplaus für die Musiker zu hören war, ein Geräusch, das über die Bühnenmithöranlage unangenehm schnarrend durch die Katakomben des Festspielhauses hallte.

Wie Sandpapier! Wie Sandpapier auf rostigem Blech!, dachte er noch, als er unter erstaunten Kollegenblicken in der Erwartungsstille vor dem „Heldenleben" zu seinem Platz huschte. Vom heller werdenden Licht auf dem Podium kam er sich geblendet vor und der Zuschauerraum schien ihm dunkler als vor der Pause, aber da wurde auch schon Sir Simon von einer aufbrandenden Beifallswelle im Strahlenkranz zweier Verfolgungsscheinwerfer, die seine knabenhaft gekräuselte Caravaggiomähne vollends zu einem Heiligenschein verklärten, zum Dirigentenpodest getragen.

Deshalb also war Gottfried Kronstein nicht zu dem Konzert erschienen, an dem ihm doch so viel gelegen war, wie er nicht müde wurde zu beteuern! „Nicht müde" ist korrekt, dachte Rothmann, denn Gottfried hatte während der ganzen Nacht des Festes immer wieder davon begonnen, sodass er schon von den mit am Tisch sitzenden Gästen scherzhaft angefleht wurde, doch irgend etwas zu unternehmen; ihm als Berliner Philharmoniker müsste es doch möglich sein, eine Karte für diesen enthusiasmierten Quälgeist aufzutreiben. Er versprach es, auch um den Fluss der Unterhaltung nicht ständig vom „Heldenleben" aufgestaut sehen zu müssen, diesem vom Komponisten als „Tondichtung" bezeichneten Glanzstück ihres Orchesters seit Karajans Zeiten, bei dem er so ungern mitwirkte, weil es ihm gerade wegen seines aufgeblasenen Pathos hohl und leer vorkam, von den protzig zur Schau gestellten Selbstzitaten früherer, besserer Werke einmal abgesehen.

Aber auch am nächsten Morgen, als sie sich auf jener Alm, deren Namen ihm entfallen war, verabschiedeten, nach einem, zugegebenermaßen herrlich übernächtigen, Champagner-Frühstück auf den bemoosten Felsen am Ursprung einer Quelle, die dort mit ungewöhnlicher Kraft direkt aus dem Berg ins steil einfallende Frühlicht dieses Spätsommertages drängte, auch da bat er ein letztes Mal um eine Karte für „Heldenleben", obwohl er eben erst mit quellgekühltem Champagner einen Toast auf den „nirgends als an dieser Stelle sichtbar werdenden Es-Dur-Dreiklang des ‚Rheingold'-Vorspiels" ausgebracht hatte.

Wie gut, fuhr es ihm durch den Kopf, *dass sich wenigstens auch Gernot,* der Klarinettist ihres Bläserquintetts, *dazu bewegen ließ, ohne auch nur eine Sekunde geschlafen zu haben, mit hinaufzusteigen zu jenem magischen Ort in den Bergen des Steirischen Salzkammergutes, an dem wirklich,* so schien es ihm jetzt in der Erinnerung, *delphische Quellnymphen und Rheintöchter in Dirndlkleidern, „der Welt abhanden gekommen", in seltener Eintracht bei Mahler'schen Ländlerweisen die Sonne erwarteten.*

Wenigstens Gernot würde, falls es notwendig werden sollte, den Punkt des berührenden, fast verschworenen Abschieds wiedererkennen, er würde bezeugen können, dass Gottfried einen „wunderbaren Läuterungsweg", so drückte er sich aus, durch das Tote Gebirge nehmen wollte, um dann zum See abzusteigen, wo er im Haus seiner Gastgeber zum Abendessen, zu einer „Festresteverwertung" eingeladen sei. Aber warum hatte er auf seine SMS vom gestrigen Nachmittag, die ihm die ersehnte Karte für „Heldenleben" zusicherte, nicht reagiert?

Ein einsames, kennerhaft zur Schau gestelltes „Bravo" in der Sekundenstille nach dem Schlussakkord riss den für die Berliner Philharmoniker schon obligatorischen Jubel der Zuhörer an und das Orchester sowie sein Chefdirigent sonnten sich genüsslich in der zur Akklamation gesteigerten Beifallsdemonstration des Publikums der Salzburger Festspiele und wollten diese, sichtlich erleichtert, noch immer als enthusiastisches Einverständnis mit ihrer, nunmehr schon in die Jahre gekommenen, für sie selbst aber noch immer jungen, weil ungewohnten, Ehe verstehen.

Jetzt saß Andreas Rothmann wieder in Gerd Zisks Wagen und wurde zum dritten Mal innerhalb von etwas mehr als 48 Stunden durchs Salzkammergut gefahren, das nächtliche diesmal. Gerd machte ihn auf die Lichter von St. Wolfgang aufmerksam, die sich am jenseitigen Ufer im schwarzen Wasser des lang gestreckten Sees spiegelten. Ein, wie ihm schien, von tausend bunten Glühbirnen erleuchteter Ausflugsdampfer hielt direkt auf den Ort zu, als Gerd „Weißes Rössl!“ sagte.

„Ja, ja, im Salzkammergut, da kann man gut lustig sein!“, gab Andreas, inzwischen besser gelaunt, zurück. Er hatte sich mit der veränderten Situation abgefunden.

„Wenn die Musi spielt, holdrio!“, komplettierte Gerd die Anfangszeile des berühmten Operettenrefrains.

„Toll war das vorgestern! Unglaublich witzig, ausgerechnet diese Nummer als Zugabe zu nehmen, damit hat wirklich niemand gerechnet. Das ganze Konzert war phantastisch! Danke noch mal! Das war das schönste Geburtstagsgeschenk zum Fünfundsiebzigsten meiner Mutter!“

„Wir spielen doch wirklich gern bei euch dort am See! Und das Fest war großartig, die Leute so nett. Dank dir auch fürs Holen und Bringen! Für dich bedeutet das jetzt zum dritten Mal hin und her!“

„Morgen wird es das vierte Mal sein, aber da geht's gleich nach München, weil von Salzburg aus keine Maschine mehr nach London geht. Aber mir macht das überhaupt nichts aus, Hauptsache, du kommst rechtzeitig zu euerm Konzert! Du fliegst um zwanzig Uhr zwanzig, das schaffen wir leicht!“

„Das ist gut“, meinte Andreas Rothmann, „dann versäume ich die Probe zur Fünften Mahler nicht!“

„Fünfte Mahler …!“, wiederholte Gerd, der sich trotz seiner dreiundfünfzig Jahre eine verschämte Liebe zur klassischen Musik erhalten hatte, die er während der letzten Jahre wegen seiner Firmentätigkeit zusammen mit seinem Bruder Albin im ererbten württembergischen Betrieb, vor allem aber wegen seiner nunmehr fünf Kinder, nicht mehr ausreichend pflegen konnte, bedauerlicherweise, wie er sich manchmal in Momenten wie diesem eingestand.

„Das Schönste war, als Arran vom Steg aus das Hornsolo aus dem dritten Satz übers Wasser in die Stille der Nacht geschickt hat! Morgens um drei! Und dann das Echo! Dreifach! Unglaublich!“

„Wahrscheinlich hat Mahler das Echo schon mitkomponiert“, spann Andreas den Gedanken fort, „denn wenn man sauber mitzählte, musste man nach dem Verklingen des letzten genau an der richtigen Stelle der Partitur wieder einsetzen. D a s ist unglaublich!“

Beide versuchten sich jetzt die Stimmung jener unglaublich warmen, weinseligen Spätsommernacht vor dem erleuchteten Haus am Seeufer zu vergegenwärtigen, die dreifach beantworteten Hornrufe, nicht nur Mahlers, sondern auch Brahms’ und Bruckners, während sie durch den Tunnel unter dem Park der Kaiservilla von Bad Ischl fuhren.

„Und ich werde also morgen Früh in die Berge geflogen, um Gottfried Kronstein zu suchen!“, begann Andreas wieder. „Woher kennt ihr ihn eigentlich? Uns umkreist er ja schon seit Jahren mit seinen abenteuerlichen Musiktheorien! Er lässt keine Probe in Berlin aus, und auch in Salzburg zu den Osterfestspielen taucht er regelmäßig auf, besonders wenn wir Wagner spielen. Aber dass er ausgerechnet auch am Grundlsee eingeladen war, hat uns doch überrascht!“

„Wir kennen ihn gar nicht, er war in diesem Sommer plötzlich da, wohnt aber nicht bei uns, obwohl ihm das unsere Mutter selbstverständlich sofort angeboten hat. Er wollte partout in seinem kleinen Zimmer in Gößl bleiben, kam nur manchmal zum Baden. Kennengelernt hat ihn meine Mutter im Frühsommer an der Algarve, auch wiederum bei einer eher flüchtigen Bekannten, einer sehr alten Dame, die ein Haus in Albufeira hat. Deren Enkelin Mafalda war übrigens vorgestern Abend auch bei uns, aber nur kurz, ich weiß nicht, ob du sie gesehen hast, ‚nur für ein paar Takte und ein Glas'l Wein', wie sie sich ausdrückte. Sie wollte ihre alljährlichen Bergtouren nicht unterbrechen, außerdem scheint sie sehr scheu zu sein, wie auch immer. Jedenfalls muss Gottfried in Portugal so begeistert über Musik, die Berliner Philharmoniker und das Ausseerland gesprochen haben, dass ihn unsere Mutter spontan zu eurem Konzert eingeladen hat; du kennst sie ja inzwischen!“

„Ja, und ich freue mich wirklich darüber!“, erwiderte Andreas lächelnd. “Ich finde einfach großartig, wie sie alles bei euch managt, das riesen Haus, die große Familie mit acht Enkelkindern! Und leicht hat sie es mit euerm Vater ja auch nicht gehabt, wie mir deine Schwester Sonja erzählt hat.“

Gerd nickte ein bejahendes „Hm!“ zurück, ohne näher auf das Gesagte einzugehen. “Um sieben will dich übrigens der Hubschrauber auf der Halbinsel abholen!“

„Wieder eine kurze Nacht!“, antwortete der Musiker. „Von heute aus gesehen bilden die letzten drei Tage überhaupt einen merkwürdigen Klang: Euer Fest, die Menschen, die Gespräche, der Wein, das einsame Horn in der Nacht, die dadurch beschworene unwirkliche, fast gespenstische Atmosphäre, Gottfrieds plötzliches Bitten, ja Drängen, mit ihm wach zu bleiben, was schließlich nur Gernot und ich geschafft haben, der Aufstieg im Morgengrauen entlang der Wasserfälle, das von ihm inszenierte Champagner-Frühstück, für das der Rucksack schon fertig gepackt bei euch stand, seine Wagnerbeschwörung bei der Quelle, der Abschied auf der Alm, seine seltsame Ankündigung, einen Läuterungsweg durch das Tote Gebirge nehmen zu wollen, unser mehr geflogener als gegangener Abstieg, die von uns verschlafene gestrige Fahrt zurück nach Salzburg zur ‚Sacre‘-Probe, Gottfrieds Verschwinden, der heutige Rückruf während des Strauss-Konzerts …“

„Und jetzt sind wir schon wieder da!“, sagte Gerd, als sie kurz nach ein Uhr morgens in die Einfahrt zu der auf einer Halbinsel gelegenen Gründerzeitvilla am Ende des Sees bogen, deren in dieser Nacht unerleuchteter Turm ihr in der Nachkriegszeit die Bezeichnung „Schloss“ eingebracht hatte.

Grundlsee

„Läuterungsweg! Läuterungsweg von hier aus durchs Tote Gebirge und zurück zum See kann nur heißen, dass er über die Gössler Alm bis zum Abblaser und dann zurück über die Lahngang Seen, das Kanzlermoos und die Schweiberalm nach Gößl gegangen ist! Ein Wahnsinnshatscher ist das! Flieg so knapp wie möglich, Karl, und langsam! Langsam!“, schrie der Bergretter durch den Rotorenlärm dem Piloten zu, als sie über dem Almboden verhielten, auf dem sich Gottfried Kronstein vor genau zwei Tagen von den Musikern verabschiedet hatte.

„Läuterungsweg!“, wiederholte er, zu dem neben ihm sitzenden Andreas Rothmann gewandt. „Ein Wahnsinniger ist das! Hat er eine Farb' auf sich g'habt? Rote Stutz'n, rote Windjack'n, roter Anorak oder so was?“

„Nein!“, rief Andreas. „Dunkle Hose, dunkelgrauer Pullover, weißes Hemd! Aber Bergschuhe! Und einen weißen Leinenrucksack hatte er! Einen weißen Leinenrucksack!“

„Weißer Leinenrucksack, Franz, hast g'hört?“, gab der Alpinist den Hinweis an seinen neben dem Piloten sitzenden Kollegen von der Bergwacht nach vorne. Der nickte kurz und suchte weiter durch sein Fernglas die unter ihm ansteigenden waldigen Höhenzüge ab.

„Gössler Alm!“ Rothmanns Nebensitzer zeigte auf die wie Holzwürfel über einen sonnenbeschienenen Wiesenbalkon gestreuten Hütten, zwischen denen Vieh stand. Andreas konnte die Glocken der Kühe erkennen. Einen Augenblick lang bedauerte er, sie wegen des Helikopterdröhnens nicht hören zu können. Er musste an den dritten Satz der sechsten Symphonie von Gustav Mahler denken, in dem gerade diese Signale einer klischeehaften Idylle zum scheppernden Höhengeläut über bodenlos aufgerissenen Schluchten der Einsamkeit werden.

„Da, schau!“ Der Finger seines Sitznachbarn ließ ihn sich umwenden. „Der Dachstein!“, hörte er ihn mit Stolz in der Stimme rufen. „Alles mitsammen!“

Andreas löste unwillkürlich den Sicherheitsgurt, um länger über dem sich bietenden Bild des am Horizont aufschäumenden Gletschermassivs bleiben zu können. Davor, wie grüne Wellenkämme auf dieses zurollend, dicht bewaldete Berge über dem unbeweglichen Himmelsspiegel des Sees.

Auf einer Landzunge konnte er das Haus seiner Gastgeber bis in seine baulichen Einzelheiten erkennen. Vom Steg zwischen Villa und Bootshütte stieß sich eben jetzt eine Person kopfüber in den Spiegel, versank darin und teilte ihn wenig später mit langsamen Schwimmbewegungen in helle, im Gleichklang mit den aufgefalteten Kuppen dem weißgrauen Gebirgsstock zulaufende Streifen.

Vielleicht doch einmal das Angebot der Ziskfamilie annehmen und hier Urlaub machen, dachte Andreas, als er sich auf ein Zeichen des Bergretters wieder festschnallte. *Was heißt „Urlaub machen“, er würde sich in die „Sommerfrische“ begeben,* wie der rätselhafte Zustand einer nur hinter vorgehaltener Hand eingestandenen unerschöpflichen Bewunderung dieses alpinen Lebensraums von jenen genannt wurde, die sich Sommer für Sommer in

Trachtenverkleidung durch Nichtstun, ritualisierte soziale Kontakte, Schreibtisch- und Lesearbeiten, wie sie es nannten, von der Frage ablenkten, wie sie überhaupt Opfer eines solch rätselhaften Magnetismus werden konnten, einer Anziehungskraft, die auch Andreas in diesem Moment fast körperlich zu spüren begann. Denn die Welt, die sich jetzt seinem Blick bot, verschlug ihm für einige Sekunden den Atem. Unter dem Helikopter erstreckte sich eine Wüste aus nichts als Stein, ein Meer aus Felsen, Graten und für ihn ununterscheidbaren Berggipfeln, das da, an zwei Seiten begrenzt von schroffen, unbewachsenen Wänden, über den Horizont zu schwappen schien.

„Brecht! Salzofenhöhle?", fragte der mit dem Namen Franz, und der Pilot ließ den Hubschrauber an Höhe verlieren.

„Glaub' ich nicht, es war kein Wetter, und er wollte doch zum See hinunter?", gab Brecht an Rothmann zurück, der heftig nickend bejahte, während er rechter Hand in den riesigen Schlund einer die turmhohe Steilwand aufreißenden Höhle starrte.

„Wir geh'n am Wildgössl bis zur Wieslackn und hinten über'n Abblaser z'ruck, vielleicht ist er ja längst aufgetaucht", setzte Brecht nach, hörbar ungeduldig geworden, „oder er ist überhaupt schon abg'fahren! Habt's ihr wenigstens das überprüft, fallt mir ein?"

Andreas hob die Schultern.

„So wird's sein am End'! Aber wer schaut schon in einen Touristen hinein! Auf geht's!"

Die beiden anderen Männer lachten spöttisch, der Hubschrauber wechselte gefährlich nahe über ein knochenweißes Kar und änderte seine Richtung. Das gleiche Bild, nur dass er wenig später, für den Musiker völlig unerwartet in solcher Höhe, zwei hintereinander liegende, unterschiedlich große Seen überflog, an deren Rändern Nadelholzvegetation den vorherigen Eindruck der totalen Abgestorbenheit milderte.

Das war also das Tote Gebirge, eine Alpenformation, in die ihn Kronstein schon wiederholt locken wollte, damit er „die Klang gewordene Trostlosigkeit Parsifals am Ende seiner tausendjährigen Irrfahrt durch die Welt“ nachvollziehen könne. Erst wenn man diese schmerzlich an sich selbst erführe, wäre es möglich, den „Karfreitagszauber“ in „Parsifal“ richtig zu spielen.

Gottfried war nicht abgereist, seine Sachen waren noch immer in dem von ihm bezogenen Quartier, wie sich durch einen Anruf bei der Zimmer vermietenden Gössler Bäuerin leicht feststellen ließ, er blieb, zur großen Beunruhigung der Ziskfamilie, spurlos verschwunden.

Andreas erreichte, von Gerd nach München gefahren, die Maschine nach London rechtzeitig und die Fünfte Mahler wurde für die Berliner Philharmoniker und Sir Simon auch in der Royal Albert Hall zu einem künstlerischen Triumph.

Toplitzsee

An jenem Septembernachmittag, als das Orchester nach seiner äußerst erfolgreichen „Kleinen Europatournee“ in Berlin-Tegel landete, sollte das lange, von einem Außenbordmotor angetriebene Holzschiff, genannt „Plätte“, die bereits fünfte Touristenladung an diesem Tag zum Ende des hinter dem Grundlsee gelegenen, sich eng begrenzt ins Tote Gebirge schneidenden Toplitzsees transportieren, von wo aus die Ausflügler dann, nach dem Besuch eines in dieser Bergschlucht ebenso unvermuteten dritten, allerdings kleinen, fast kreisrunden Gewässers mit dem Namen Kammersee, zum Ausflugslokal am vorderen Ufer zurückgeschafft zu werden pflegten.

Mit dieser als „3-Seen-Tour“ angepriesenen Attraktion lockte der Ausseer Fremdenverkehrsverband Sommer für Sommer Hunderte von Touristen in den hintersten Winkel dieser, mit einigem Stolz als „geheimnisumwoben“ bezeichneten Alpenregion. Nicht zuletzt das noch immer hier vermutete, trotz zahlloser Tauchexpeditionen unentdeckte „Nazigold“ am Grund des über einhundert Meter tiefen Sees erhöhte den touristischen Reiz der ganzen Gegend.

„Da liegt ja was! Da!“, rief ein kaugummikauendes, an seinem eng anliegenden Trikot als Bikerin kenntliches Mädchen in das Motorgeratter und zeigte aufgeregt auf ein helles Bündel, das auf einer der unteren Schwellen des Wasserfalles, der sich auf halber Uferstrecke schäumend in den See ergoss, zu erkennen war.

„Hey! Ein Mensch ist das! Das is'n Mensch! Au Mann!" Das Mädchen schrie es in Richtung der dirndlgekleideten Bootslenkerin, die die vollbesetzte Ausflugsplätte sofort mit gedrosselter Fahrt in einer Schleife zur felsigen Mündung des Baches steuerte. Zwei junge Männer, offensichtlich die Begleiter des Mädchens, sprangen, gefolgt von diesem, ins Wasser, erkletterten nach einigen erfolglosen, hektischen Versuchen die glitschigen Felsen und drehten schließlich einen männlichen Körper auf den Rücken, wodurch einer der Männer ausglitt und in den nächsttieferen Gumpen rutschte. Nur mit Mühe gelang es der Bootsbetreiberin, die entsetzten Touristen zum Sitzen und zur Anlegestelle zurückzubringen, während sie mit ihrem Mobiltelefon die Polizei verständigte.

Zwei Stunden später konnte der von Bezirksinspektor Ainhirn zum Mitkommen aufgeforderte praktische Arzt den beiden Beamten sowie dem Bikertrio nur den Tod des Gefundenen bestätigen und mehrere Platzwunden an dessen Hinterkopf feststellen, von denen er aber nicht mit Sicherheit festhalten wollte, dass sie zum Ableben des halb vom eisigen Bachwasser umspülten, kaum entstellten Mannes geführt hatten.

Der Bezirksinspektor erinnerte sich sofort einer vor zwei Tagen eingegangenen, einen vierzig- bis fünfundvierzigjährigen deutschen Staatsbürger betreffenden Vermisstenmeldung und eines dieser beigefügten, offensichtlich auf einem Fest aufgenommenen Fotos des Abgängigen, das zweifellos mit dem vor ihm liegenden Toten ident war. Dennoch hielt er den begleitenden Kollegen sowohl zur Aufnahme der Bikerpersonalien, als auch zur Durchsuchung des Toten an, rief per Handy, das an diesem abgelegenen Ort nur schwer ein Verbindungsnetz fand, ein in Bad Aussee ansässiges Bestattungsinstitut zum Abtransport der Leiche herbei, begann, das steil ansteigende Gelände zu untersuchen und ärgerte sich, dass er die Rufnummer der Staatsanwaltschaft Leoben nicht in sein Diensthandy gespeichert hatte, obwohl er der Meinung war, dass es sich im vorliegenden Fall nur um einen typischen Bergunfall handeln konnte, eine Ansicht, die sich in ihm zur Überzeugung verdichtete, als er, heftig atmend, die Stelle erreichte, an der in einer Höhe von etwa zehn Metern ein schmaler Balken den wild durch bemooste Felsen stürzenden Wasserlauf überspannte. Er betrat tastend den Balken, umfasste ängstlich das an zwei starken Bäumen geländerhoch festgezurrte Stahlseil, schob sich vorsichtig mit kleinen, nebeneinander gesetzten Schritten bis zur Mitte und sah hinab.

Ja, so musste es gewesen sein, kombinierte Josef Ainhirn, *der Tourist – seine für jedwede Wanderung ungeeignete Kleidung, schwarze, lange Hosen, weißes Hemd, ein dünner grauer Pullover, wiesen ihn als völlig bergunerfahren aus – hatte beim Überqueren dieser tosenden Schlucht das Gleichgewicht verloren, war hinuntergestürzt und hatte sich dabei mehrfach am Kopf verletzt, mit Todesfolge. Dann war er von dem zwischen den Bergflanken eingepfercht zu Tal schießenden Gebirgsbach über mehrere Ebenen mitgerissen worden, wozu die heftigen Regenfälle vom Vortag ein Übriges getan haben mochten, bis er, mit dem Gesicht nach unten, an der Fundstelle hängen blieb. Spuren?,* dachte der

Inspektor und musterte ergebnislos Stahlseil und Balken. *Wie auch und wo, nach diesen Wolkenbrüchen!*

Aber er würde sich die Mühe machen, ins eiskalte Wasser steigen, an überspülten Felswänden, zwischen kreuz und quer liegenden Baumstämmen und in dunkelgrünen Gumpen nach etwas suchen, was nicht zu finden war. Bis zum Eintreffen des Notsarges war Zeit und der Kollege Gasperl konnte ja helfen.

Der streckte eben jetzt unten am Ufer einen weißen Rucksack schüttelnd in die Höhe, winkte heftig mit einem kleinen schwarzen Gegenstand in der anderen Hand und rief etwas herauf, was Ainhirn wegen des Wassergetöses nicht verstehen konnte, also stieg er, so schnell wie möglich, ab.

In dem Rucksack befanden sich, außer drei Plastikkühlern, nassen Geschirrtüchern, aufgeweichten Speiseresten und einer aus ihrer Klarsichthülle tropfenden Alpenvereinskarte „Totes Gebirge, Westliches Blatt", vor allem Scherben von Kristallgläsern und Flaschen, Champagnerflaschen der Marke Taittinger, wie sich anhand der Etiketten feststellen ließ. Nichts sonst, was als Hinweis auf eine Identität auszuwerten war, weder Kreditkarte noch Ausweis noch Führerschein. Der kleine Gegenstand war ein Mobiltelefon mit offensichtlich leerem Akku.

„Also, nicht Bergsteigen können und auch noch b'soffen sein!", mutmaßte der Bezirksinspektor, während er versuchte, das Handy mit der Ladezelle seines Telefons wieder in Betrieb zu nehmen, was zu seiner Überraschung auch gelang.

„Da muss man ja vom Stangl fallen!“

Er stockte, weil das Gerät in seiner Hand nach dem Pin-Code verlangte, den er, logischerweise, nicht eingeben konnte, was Gasperl mit einem Grinsen quittierte.

„Sei froh, dass ma's ham, du Depp!“, raunzte Ainhirn seinen Kollegen an. „Wir rufen die Betreiberfirma an, schildern den Fall und verlangen im Zuge unserer Ermittlungen den Puk, dann wird uns die Gurk'n schon was derzählen!“

Bad Aussee

So geschah es, nachdem der Leichnam in der Kühlkammer des Ausseer Krankenhauses eingelagert, die Staatsanwaltschaft Leoben ordnungsgemäß verständigt, von dieser der Besuch eines Grazer Gerichtsmediziners für den folgenden Tag angekündigt und Familie Zisk als Einbringer der Abgängigkeitsmeldung erfolglos angewählt worden war: Die nach mehrmaligen vergeblichen Versuchen endlich eruierte deutsche Telekommunikationsfirma erzeigte sich nach anfänglichen Verweisen auf Persönlichkeits- und Datenschutz, jedoch in Anbetracht des brisanten Sachverhalts und nach Erhalt eines amtlichen Faxes, als äußerst kooperativ und gab sowohl das Losungswort „Froh“, als auch die Codes von Puk, 4728 838 29, und registriertem Pin, 1854, mit dem Hinweis preis, dass letztgenannter Pin längst von dem Kunden Gottfried Kronstein, Rechnungsadresse Heinrich Roller Straße 7 in 10405 Berlin, geändert worden sein könnte.

1854 funktionierte auf Anhieb. Deshalb beschloss Bezirksinspektor Ainhirn trotz seines bereits weit im Überstundenbereich geleisteten heutigen Dienstes auf Posten zu bleiben und sich mit Kronsteins, *ja, so hieß der Tote zweifelsfrei, der Name war auch ident mit dem als vermisst Gemeldeten,* mit Kronsteins Handy zu beschäftigen.

Er ging auf „Namen“ und fand die übliche, wie ihm schien nicht ungewöhnlich lange Liste gespeicherter Telefonnummern vor, *lang genug, wenn man die alle anrufen muss,* was ihm zweifellos bevorstand, *aber heute nicht mehr!,* dachte er und öffnete die Rubrik „Eingang“ des Mitteilungsmenüs.

RHEINTÖCHT … stand da als einzige Botschaft. Ein erneuter Tastendruck gab sie frei:

<RHEINTÖCHTER IN CHAMPAGNER AM MORGEN! FRÜHLINGSOPFER AM MITTAG! DES HELDEN WELTFLUCHT UND VOLLENDUNG STEHT NICHTS MEHR IM WEG! EWIGEN DANK U. FREUDE! A.>

Ainhirn war wie vom Blitz getroffen, vom Donner gerührt, aber nicht von jenen Naturgewalten, die eben jetzt ein schweres Gewitter über Bad Aussee entfesselte.

<Absender:
+491728557436
gesendet:
13:28:11
28-08-09>

Also doch kein Unfall! Kein Unfall!, schoss es ihm mit derselben Geschwindigkeit durch den Kopf, in der er die Anzeigen auf dem Display rotieren ließ. *Aber was dann?*

RHEINTÖCHTER IN CHAMPAGNER AM MORGEN! FRÜHLINGSOPFER AM MITTAG!

Ein Ritualmord! Ein Kapitalverbrechen! Ohne Spuren! Bei uns! Aber wie?

Er brauchte eine halbe Zigarettenlänge am geöffneten Fenster, bis er mit zitternder Hand die Telefonnummer abschrieb.

Die Botschaft war verschlüsselt, ohne jeden Zweifel, aber nicht so, dass man sie nicht dechiffrieren konnte, sie begann ganz offensichtlich mit einem Sexskandal:

RHEINTÖCHTER IN CHAMPAGNER …

Perverser Gruppensex! Selbstverständlich!

FRÜHLINGSOPFER AM MITTAG!

Wie viele Tote mochte es noch geben, grauenvoll verstümmelt, irgendwo versteckt, notdürftig verscharrt im unwegsamen Gebiet des Toplitzsees, ausgerechnet dort! Und der Regen verwischt jede Spur!

Er nickte fatalistisch, als er seine Zigarettenkippe in die plötzlich aufgleißende Sturzflut des Gewitterwolkenbruchs warf und das Fenster gegen den aufkommenden Sturm zustemmte.

DES HELDEN WELTFLUCHT UND VOLLENDUNG … Druck auf die nach unten zeigende Pfeiltaste … STEHT NICHTS MEHR IM WEGE! EWIGEN … die Versalien verschwammen für einen Moment vor seinen Augen.

Selbstmord!, hämmerte es in Ainhirns Kopf. *Eine Art von Selbsthinrichtung nach dem Verbrechen!*

Pfeiltaste … DANK UND FREUDE! A.

Der Komplize bedankt sich! Vorher mahnt er die Selbstliquidation nochmals ein und dann bedankt er sich!

EWIGEN DANK … *aber warum „Freude"?*, marterte der Bezirksinspektor sein Gehirn. *So zynisch konnte doch niemand sein!*

Er fuhr unter einem explosionsartigen Donnerkrachen zusammen, sah aber dennoch seinen gekrümmten Schatten vom gleichzeitigen Blitz auf der mit Stecknadeln gespickten Bezirkskarte an der Wand mehrmals aufzucken und dann verlöschen.

Da kann ich ja gleich den Punkt markieren, wo der Vordernbach im Toplitzsee verschwindet, den Todespunkt! Der Gendarmeriebeamte streckte Daumen und Zeigefinger nach einer Nadel aus und hielt inne.

Doppelselbstmord!, dachte er und musste sich setzen. *Die beiden Deutschen hatten nach Verübung ihres furchtbaren, außer Zweifel stehenden Ritualverbrechens beschlossen, sich selbst, getrennt voneinander, zu richten; an verschiedenen Orten, damit, wenn eine der Leichen gefunden werden würde, kein Zusammenhang mit einem andernorts, vielleicht viel später auftauchenden Toten, noch mit eventuell schon entdeckten weiblichen Leichenteilen hergestellt werden könnte.*

Und A. hatte sicherlich vor dem entscheidenden Schritt Angst bekommen und sich mit jenem verschlüsselten SMS rückversichern wollen. Wahrscheinlicher aber war, dass er sich der gemeinsam beschlossenen Selbstjustiz entzogen hatte und jetzt zu suchen war, am besten gleich über Interpol!

Genau so, wenn auch genau so schrecklich, musste sich der Fall zugetragen haben, mutmaßte Josef Ainhirn, nicht unbeeindruckt von seiner kriminalistischen Analysefähigkeit, die anhand von nichts als einer Message auf einem Handydisplay ihre überzeugenden Schlüsse zu ziehen wusste, *fehlen nur noch die restlichen Leichen!*

Langsam tippte er A's Telefonnummer in den Dienstapparat und war keineswegs überrascht, dass er die normierte Mobilboxansage zu hören bekam. Die genannten Ziffern stimmten mit der Zahlenkolonne auf seinem Zettel überein und er hörte sich, einem plötzlichen Gedankenblitz folgend, nach dem Signalton ruhig und bestimmt in die Sprechmuschel seines Telefonhörers sagen:

„Hier spricht Bezirksinspektor Ainhirn vom Polizeikommando Bad Aussee und bittet in einer äußerst wichtigen Angelegenheit, Herrn Gottfried Kronstein betreffend, dringend um Rückruf, zu jeder Tages- und Nachtzeit."

Nachdem er die Nummer seines Mobiltelefons hinzugefügt hatte, schickte er die gleiche Aufforderung auch als SMS an A's Anschluss, fuhr dann durch den unvermindert heftig andauernden Gewitterregen nach Hause, trank, am Fenster seiner Wohnung stehend, ohne den Fernsehapparat eingeschaltet zu haben, noch eine Flasche Bier um sich zu beruhigen und versuchte wenig später einzuschlafen, was ihm nach einer wirren Gedankenstunde auch gelungen wäre, hätte ihn nicht das „Auf in den Kampf"-Signal seines Handys aus der gerade beginnenden, ersehnten ersten Schlafphase gerissen.

„Ja?"

„Hier ist Rothmann, ich sollte zurückrufen."

„Entschuldigen Sie, ich verstehe nicht …"

„Andreas Rothmann aus Berlin! Ich sollte dringend zurückrufen, wegen Gottfried Kronstein!"

Josef Ainhirn war paralysiert, er glaubte eine Stimme aus dem Jenseits zu hören.

„Hallo! Spreche ich mit Bezirksinspektor Ainhirn von Bad Aussee?"

Andreas war ungeduldig geworden, er war müde von der Anspannung der hinter ihm liegenden Konzerte, von der Reise, nicht zuletzt auch von dem noch gemeinsam mit den Kollegen vom Quintett verbrachten „Ausklangsabend", der natürlich noch immer die Ereignisse vom Grundlsee und seine Suchaktion zum Thema hatte, außerdem ging es inzwischen auf zwei Uhr morgens zu.

„Ja…"

„Also! Warum sollte ich zurückrufen? Was ist mit Gottfried Kronstein?!"

„Gottfried Kronstein ist tot."

„Was?"

„Er ist tot! Er wurde heute Nachmittag tot im Vordernbachwasserfall am Toplitzsee gefunden. Wahrscheinlich Selbstmord."

„Nein!"

„Ja, Herr …"

„Rothmann, Andreas Rothmann!"

„Ja, Herr Andreas Rothmann, und auf seinem Handy war eine Nachricht von Ihnen, die einzige Nachricht übrigens!"

„Ja, ich habe ihn per SMS verständigt, dass eine Konzertkarte für ihn bereitliegt und mich für ein Frühstück am Morgen nach unserem Konzert bedankt."

„Was für ein Konzert, Herr Rothmann?"

„Das Konzert, das wir bei Freunden am Grundlsee gegeben haben. Ich bin Musiker, Oboist bei den Berliner Philharmonikern."

„War das Konzert am 27. August?"

„Ja, und?"

„Am 28. mussten wir nämlich eine Anzeige wegen nächtlicher Ruhestörung entgegennehmen!"

„Sagen Sie, sind Sie verrückt? Sie erzählen mir, dass Gottfried Kronstein tot ist und machen mir Vorhaltungen wegen nächtlicher Ruhestörung! Das ist doch nicht zu fassen!“

„Nein, das ist es auch nicht. Vor allem nicht Ihr SMS, Herr Rothmann! Was bedeutet es?“

„Was bedeutet was?“

„Was bedeutet – “

„Was?“, schrie Andreas in den nicht zu Ende geführten Satz des Bezirksinspektors, der jetzt hektisch nach Kronsteins Handy suchte, das er endlich auf dem Küchentisch fand.

„Was – bedeutet – was?“

„Bitte schreien Sie nicht, Herr Rothmann, wir sind jetzt alle ein bisschen nervös und die Angelegenheit lässt sich am allerwenigsten mit Geschrei lösen – Moment bitte!“

Ainhirn tippte sich ins entsprechende Menü.

„Moment, was bedeutet: RHEINTÖCHTER IN CHAMPAGNER?“

„Das war ein Champagnerfrühstück auf einer Alm dort bei Ihnen, das habe ich doch schon gesagt!“

„Waren Sie allein?“

„Nein, Gottfried Kronstein hat ja eingeladen; er und mein Kollege Gernot Seeberg waren dabei.“

„Keine Frauen? Mädchen?“

„Nein! Sie können ihn ja fragen! Wie kommen Sie überhaupt darauf?“

„Das werde ich auch tun müssen, Herr Andreas Rothmann! Weiter, was bedeutet FRÜHLINGSOPFER AM MITTAG?“

Andreas begann allmählich zu dämmern, in welche Gedankenkonstruktion sich der Polizeibeamte offenbar verstiegen hatte.

„Bitte, Herr Rothmann: FRÜHLINGSOPFER AM MITTAG?"

„Mein Gott, Herr … wie war der Name?"

„Bezirksinspektor Ainhirn, Herr Rothmann!"

„Frühlingsopfer bedeutet ‚Le sacre du printemps', das ist Französisch, Herr Bezirksinspektor Ainhirn, und ein Ballett von Igor Strawinsky, das wir mittags für ein Konzert am selben Abend probiert haben, Sie können ja im Salzburger Festspielprogramm nachschauen!"

Josef Ainhirn verspürte einen leichten Stich in der Herzgegend, er stammelte:

„Und … und …"

„Und ‚Des Helden Weltflucht und Vollendung' heißt der letzte Abschnitt einer so genannten ‚Tondichtung für großes Orchester' mit dem Namen ‚Ein Heldenleben' des Komponisten Richard Strauss, von dessen Oper ‚Rosenkavalier' ja vielleicht sogar Sie schon einmal etwas gehört haben!"

Nicht nur davon, fiel es Ainhirn buchstäblich wie Schuppen von den Augen. *‚Eine Alpensymphonie' war ja auch so eine Tondichtung von Richard Strauss,* und die hatte er, tief beeindruckt, erst im letzten Sommer bei einer spektakulären Aufführung auf dem Gipfel des Losers gehört.

„Hallo?" –

„Ja?" –

„Ich wollte Gottfried sagen, dass ich die von ihm so sehr gewünschte Karte für eben dieses ‚Heldenleben' am nächsten Abend beschaffen konnte, und weil ich wusste, dass er noch eine Wanderung durch Ihr Totes Gebirge vorhatte, habe ich diese Formulierung gewählt. Und weil wir schon dabei sind, Herr Bezirksinspektor, ‚Ewiger Dank' nimmt ironisierend das Pathos von ‚Heldenleben' auf und bezieht sich auf das herrliche Champagnerfrühstück, zu dem er uns eingeladen hatte, und ‚Freude' bedeutet schlicht und einfach, dass ich mich gefreut habe, ihn so schnell wiederzusehen – "

Andreas unterbrach sich entsetzt. Er hörte den Beamten schlucken und stoßweise atmen. Fast flehend rief er in sein Telefon, „Verstehen Sie das, Herr Ainhirn?", bekam aber keine Antwort, was seine Hilflosigkeit in Wut verwandelte.

„Mein Gott, ich war doch am selben Abend wieder draußen, um ihn am nächsten Morgen mit der Bergrettung zu suchen! Im Hubschrauber haben wir das halbe Tote Gebirge abgeflogen, ergebnislos, das muss Ihnen die Bergwacht doch mitgeteilt haben, Herr Bezirksinspektor Ainhirn! Außerdem war er doch von der Ziskfamilie bei Ihnen, in Ihrer Dienststelle, als vermisst gemeldet, wie mir Gerd Zisk erzählt hat. Sie sollten besser dort nachfragen, als Ihren perversen Gedankenspielen nachzuhängen, Herrgottnochmal!"

„Ich, ich habe im Schloss niemanden erreicht …"

„Dann versuchen Sie es in Deutschland oder auf dem Handy, vielleicht sind sie schon weggefahren, in Baden-Württemberg ist doch meines Wissens schon wieder

Schule. – Warten Sie, ich geben Ihnen Gerd Zisks Nummer, einen Moment – aber warum muss ausgerechnet ich Sie auf all das bringen?!“

Er nahm sein Adressbuch aus der Seitentasche des Oboenkoffers, der noch im Wohnungsflur stand, gab dem Inspektor sämtliche Telefonnummern, die er von der Ziskfamilie hatte, und beendete das Gespräch.

Berlin

In dieser Nacht tat weder Josef Ainhirn in Bad Aussee noch Andreas Rothmann in Berlin ein Auge zu.

Rothmann saß, das Mobiltelefon in der Linken, an dem bäuerlichen Refektoriumstisch des größten Zimmers seiner Wohnung, das mit stilisierten Gondeln bedruckte blaugraue Adressbuch aus einer venezianischen Papeterie mit der rechten Hand auf der dunkel gebeizten zernarbten Tischplatte haltend, starrte auf die von der Straßenbeleuchtung merkwürdig plastisch aus der Wand des seiner Wohnung gegenüberliegenden Hauses hervorgehobenen faunischen Fensterkaryatiden und konnte keinen Gedanken fassen. Die Worte „tot" und „Selbstmord" kreisten mit Momentaufnahmen vom Champagnerfrühstück an der Bergquelle, mit einzelnen Bildern des im Helikopter überflogenen endlosen Karstmeeres, mit Musikfetzen des aufgepeitschten Hauptthemas aus dem zweiten Satz der fünften Symphonie von Gustav Mahler in seinem Inneren, seinem Kopf, wie ihm schien, sodass er plötzlich und lange den Atem anhielt, um dem Taumel ein Ende zu machen, was ihm nicht gelang.

Erst Vibration und Klingelton seines Handys setzten seinen Atem wieder in Gang. Er las auf dem Display „unbekannter Anrufer", wollte diesen schon abweisen, nahm aber nach sieben, acht enervierenden Signalen den Anruf durch den entsprechenden Tastendruck mit dem rechten Zeigefinger an.

Es war Gerd Zisk, der ihm hörbar erschüttert von seinem eben beendeten Telefongespräch mit Bezirksinspektor Ainhirn zu berichten versuchte und stammelnd zum Ausdruck brachte, dass er den vor einer Minute erfahrenen Tod von Gottfried Kronstein weder fassen, noch glauben könne. Es sei ihm aber aus betriebsbedingten Gründen ebensowenig möglich, sofort wieder nach Bad Aussee zu fahren, wie vom Bezirksinspektor gefordert, sein Bruder Albin fahre jedoch am kommenden Wochenende ohnehin nach Grundlsee, weil er dort zu einem Geschäftsführer-Meeting der ausländischen Firmenniederlassungen eingeladen hätte. Was er, Andreas, zu tun gedenke.

Erst nach einer langen Pause antwortete Andreas, dass er es beim besten Willen nicht wisse, dass er aber versuchen werde, darüber nachzudenken, was ihm bisher leider noch nicht möglich gewesen wäre.

Gerd Zisk, verstand, wünschte, noch immer stockend, eine gute Nacht und beendete sein einseitig geführtes Telefonat.

Rothmann blieb sitzen. Er versuchte erneut zu denken, vermochte aber nicht, das von den Bläsern hohnvoll skandierte Unisono-Aufheulen aller Streicher, noch immer aus dem zweiten Satz von Mahlers Fünfter, in sich zum Verstummen zu bringen. Es war ein Sog, der ihn mitriss und Tränen über sein noch als jung zu bezeichnendes Gesicht trieb. Er musste die randlosen Augengläser abnehmen, fand aber in den Hosentaschen kein Papiertaschentuch, also wischte er mit den Ärmeln seines dunkelblauen einreihigen Cool-Wool-Sakkos mehrmals über sein Gesicht, ohne der Tränenflut Einhalt gebieten zu können, was ihn wütend machte.

Mit einem hell-trotzigen Schmerzensschrei stieß er sich vom Tisch auf, sodass der Bugholzstuhl, auf dem er saß, über den fischgrätverlegten Parkettboden der Altbauwohnung schlitterte, bis er klackend von der Aluminiumtüre einer italienischen Designerkredenz gestoppt wurde. Er lief in den Flur, riss die hohe, taubenblau gestrichene Tür zum Kinderzimmer auf und drückte mehrmals auf den gedimmten Lichtschalter, bis der pedantisch aufgeräumte Raum erhellt war. Zwei Naturholzschreibtische, schaukelfähige Gesundheitsstühle, zwei sonnenblumengelbe Schränke an der hellblauen Wand, auf dem dunkelgrünen Bücherbord eine kompakte Stereoanlage, CDs, ein verpackter Tennisschläger, zwei chinarot lackierte Betten, die er selbst sorgfältig bezogen hatte, das linke mit Wolkenwäsche, in dem auf der rechten Seite schwammen Clownfische und andere Zeichentrick-Tiefseebewohner herum. Himmel und Meer, einander gegenüber, beide leer.

Übernächstes Wochenende würde er seine beiden Töchter, Alma und Anna, wiedersehen, so war es verabredet mit Barbara, seiner Frau, die nach zehn Ehejahren getrennt von ihm mit den Mädchen bei ihren Eltern in Ambach am Starnberger See lebte und am Münchner Richard-Strauss-Konservatorium Renaissance- und Blockflöte unterrichtete. Das jahrelange quälende Verhältnis mit der Oboen-Studentin Klara Bodmer, deren Lehrer er an der orchestereigenen, noch von Herbert von Karajan gegründeten Orchesterakademie war, hatte sich in dem Moment aufgelöst, als Barbara den Trennungsschritt vollzogen hatte, aber nicht nur deshalb, weil Klara ans erste Pult des Stuttgarter Opernorchesters engagiert worden war.

Jetzt waren Barbara und die Kinder noch in den Sommerferien, eingeladen zu einem exklusiven privaten Barockfestival in Castello di Volpaia, bei dem Barbara ihren Göttern Vivaldi und Monteverdi mit ihrem sich in einer Luftsäule drehenden Flötenton und ihrer stupenden Technik huldigen konnte.

Die sinnlose, bunte Leere des nächtlichen Kinderzimmers schluckte die Mahlerschreie in Rothmanns Kopf. Nachdem er die CDs zwischen einem Holzpinocchio und einem Barbie-Ken in einer ihm wichtig erscheinenden Reihenfolge geordnet und den „Karneval der Tiere“ mit Loriot als Sprecher zu oberst gelegt hatte, drückte er das Licht aus, verließ den Raum, ging in die in mehreren Schichten provenzalisch grau gestrichene Küche mit dem Gasherd in der Mitte, knipste die Billardtischlampe über dem ihn an zwei Seiten umgebenden Esstresen an, ließ Wasser in die Edelstahlspüle laufen, wusch sein Gesicht, trocknete es mit einem blau eingefassten Leinengeschirrtuch, öffnete den bauchigen, malvenfarbenen Fünfzigerjahre-Replikakühlschrank, entnahm ihm eine Flasche, entkorkte sie mit dem Screw-Pull und füllte ein französisches Bistro-Wasserglas bis an den Rand mit seinem absolut trocken ausgebauten Lieblingsprosecco eines kleinen Weinbauern aus Conigliano, trank es fast leer, füllte es wieder und stellte sich mit Flasche und Glas in die Dickung des hohen Fensters, das in der so genannten Beletage des Hauses mit der Nummer 12 in der Knesebeckstraße lag.

Gottfried Kronstein konnte unmöglich Selbstmord verübt haben, begann es sich jetzt in Rothmann zu artikulieren, *er war fast so alt wie er selbst, etwa fünfundvierzig, hatte niemals auch nur den Anschein einer Depression vermittelt, vielmehr steckte er voller Pläne, enthusiastischer Pläne, wollte er doch der Musikwelt die verschollenen Wagnerpartituren von „Rheingold" und „Walküre" wieder schenken, wollte diese „den Berliner Philharmonikern anlässlich der Salzburger Wiederaufführung des „Rings des Nibelungen" als „ewige Neuwidmung" auf die Pulte legen, wie er mit erstaunlicher Sicherheit versprochen hatte.* Eine Ankündigung, die Andreas, sooft sie geäußert wurde, scherzhaft in Zweifel zog, obwohl sie gerade wegen der Begeisterung, mit der Gottfried das eine oder andere abenteuerliche Detail seiner immer geheimnisumwitterten Recherche anzudeuten wusste, an Glaubwürdigkeit gewann, *und nun war es ihm versagt worden, sie zu verwirklichen.*

Außerdem wollte er schließlich unbedingt ins Salzburger „Heldenleben", sechsunddreißig Stunden nach ihrer Verabschiedung auf der Almwiese überm See.

Ein Unfall, ein Bergunfall, kam für Andreas nicht in Frage, was auch immer die Obduktion ergeben sollte. *Gottfried kannte die Gegend, wie er immer wieder beteuerte, er hatte Bergschuhe an und das Wetter war während der damals folgenden zwei Tage strahlend, ohne jede Störung. Aber dann muss es Mord gewesen sein!*

Andreas setzte bei diesem Gedanken das gerade leer getrunkene dritte Glas eiskalten Proseccos ab und starrte in die allmählich heller werdende Knesebeckstraße, auf der sich um diese Stunde der erste Morgenverkehr aus nächtlichen Spätheimkehrern und früh zur Tagesarbeit Fahrenden zu entwickeln begann.

Aber wer konnte diesen, was dessen eigene Lebensumstände betraf zwar seltsam unmitteilsamen, im übrigen aber durchaus kontaktfreudigen, fast sportlich zu nennenden Einzelgänger mit den aus einem fein geschnittenen Gesicht unter einer hohen Stirn leicht hervortretenden grünblauen Augen und den dunkel gewellten, eher kurz geschnittenen Haaren, ein Aussehen, um das ihn Andreas mit seinem seiner Meinung nach etwas zu eiförmigen Kopf, der zu lang geratenen bebrillten Nase und dem sich schon lichtenden dünnen, aschblonden Haar, sogar manchmal beneidet hatte, *wer also sollte diesen musikbegeisterten „Ariadnefaden-Spuler", als den er sich selbst, und immer mit einem melancholisch-ironischen Unterton, bezeichnet hatte, ausgerechnet auf einer Wanderung in den Bergen oberhalb des an jenem sonnentrunkenen Spätsommertag geradezu lapislazulifarbenen Grundlsees ermordet haben, und vor allem, warum?*

Bad Aussee

Gerade als Rothmann in der Ankunftshalle des Salzburger Flughafens Papiere und Autoschlüssel entgegengenommen hatte, läutete sein Handy. Obwohl das Display keine bekannte Nummer auswies, nahm er mit „Rothmann“ an.

„Entschuldigen Sie bitte die Störung, Herr Rothmann, hier spricht Bezirksinspektor Ainhirn vom Polizeikommando Bad Aussee.“

„Und?“

„Ich muss Sie etwas bitten.“

„Was?“

„Ich muss Sie bitten, nochmals nach Bad Aussee zu kommen, und zwar ehestmöglich!“

„Wozu?“

„Zur Identifizierung unserer männlichen Leiche, für alle Fälle, und zur Verfertigung und Unterzeichnung eines Protokolls. Sie sind schließlich die letzte Person, die mit dem Toten Kontakt gehabt hat, schlussendlich!“

„Was verstehen Sie unter ‚schlussendlichem Kontakt‘, Herr Inspektor?“

„Na, Sie haben ihn doch zuletzt gesehen, Herr Rothmann!“

„Zusammen mit meinem Kollegen Gernot Seeberg, ‚schluss-endlich‘!“

„Der kann ja mitkommen! Das wäre ohnehin besser!“

„Herr Bezirksinspektor, Sie werden schon wieder unverschämt! Wie stellen Sie sich das vor? Wir haben Proben, Konzerte! ‚Dienste‘ heißt das, genau wie in Ihrer

Sprache! ‚Berliner Festwochen', verstehen Sie? Sagt Ihnen das was?"

„Ja, aber …"

„Was aber?"

„In Anbetracht der Tatsache des in unmittelbarer Folge nach der Letztbegegnung stattgehabten Ablebens der betreffenden Person aber – "

„Bin ich in spätestens zwei Stunden bei Ihnen!"

\- - -

„Wo?"

\- - -

„Herr Ainhirn!"

„Ja?"

„Wo?"

„Auf der Polizei-Dienststelle, Altausseer Straße …, oder besser im Spital …, Grundlseer Straße …, wo ich mich, auf Ihre Benachrichtigung hin, umgehend einfinden werde …", hörte Rothmann den Polizisten schwer atmend stammeln.

„Gut, machen wir es so!"

„Ja, aber wie ist das …?"

„Das erkläre ich Ihnen, wenn ich da bin!"

Inzwischen hatte er das Flughafengebäude verlassen, den Mietwagen, einen silbergrauen VW-Polo, auf dem angegebenen Parkplatz gefunden, seine Reisetasche und seinen Oboenkoffer nach der abrupten Beendigung des Telefonats auf dem Rücksitz verstaut, den Wagen gestartet und das Ortsschild „Himmelreich" auf der Straße nach Salzburg hinter sich gelassen. Er wollte durch die Stadt fahren, Richtung Gaisberg, um auf der Salzkammergut-Bundesstraße nach Bad Aussee zu gelangen, einem Weg, den er inzwischen kannte.

Nach der Dunkelheit des durch den Mönchsberg getriebenen, domhohen Tunnels schien ihm eine besonders goldene Septembersonne die pastellfarbenen Barockhäuser auf dem Platz vor der „Pferdeschwemme" ungewöhnlich plastisch vor den wasserblauen Herbsthimmel zu stellen, der Bühneneingang des Großen Festspielhauses jedoch, vor dem die Geschichte, in die er sich plötzlich wie unentrinnbar hingezogen fand, begonnen hatte, war verwaist, die kettengesperrte Vierung lag im Schatten, grau und menschenleer, so als würde sie niemals von Festspielkünstlern und kartensuchendem Publikum bevölkert werden, als wären die gesamten Festspiele nichts als ein überflüssig gewordenes Beiwerk einer längst vergangenen Zeit.

Wie in Trance hatte er am frühen Morgen bei Thomas Born, dem Vorstand des Orchesters, um Urlaub angesucht, der ihm in Anbetracht der auch in der Kollegenschaft heftig diskutierten Ereignisse umgehend und verständnisvoll genehmigt wurde, einen der zwei täglich möglichen Flüge von Berlin nach Salzburg gebucht – aber auch beim neuerlichen Anblick der in der Ferne knochenweiß aufschimmernden Gipfel des Toten Gebirges hätte er nicht mit Bestimmtheit sagen können, was ihn erneut hierher gezogen hatte. Der nächtliche Anruf Ainhirns, den er kurz vor der Kreuzung nach Bad Aussee von seiner Ankunft verständigte und der ihn daraufhin zum Spital bat, war es jedenfalls nicht gewesen.

Das Krankenhaus unterhalb der Pfarrkirche lag in einer S-Kurve so dicht an der nach Grundlsee führenden Straße, dass er sich wunderte, warum es ihm noch nie aufgefallen war. Auf dem Parkplatz jenseits der Brücke, die über einen schmalen Fluss führte, stand rauchend und telefonierend eine blau uniformierte Gestalt in der späten Nachmittagssonne und warf einen langen Schatten, den Rothmann kreuzte, bevor er sein Auto zum Stehen brachte. Als er ausstieg, beendete die gedrungene Gestalt ihr Gespräch, steckte das Mobiltelefon in die Hosentasche, trat gleichzeitig die Zigarette aus und näherte sich Andreas, andeutungsweise salutierend.

„Bezirksinspektor Ainhirn. Grüß Gott! Herr Rothmann, wenn ich nicht irre!"

Andreas schüttelte kurz die ihm hingehaltene Hand, bejahte und blinzelte in das gerötete, fleischige Gesicht eines Polizisten, das er sich nach dem skurrilen Telefonat der vergangenen Nacht weniger jovial und verschmitzt vorgestellt hatte.

„Die Identifizierung ist eine reine Formsache, wenn Sie bitte mitkommen wollen. Es ist wirklich unglaublich, dass Sie schon da sind! Als ob Sie es geahnt hätten! Wir sind Ihnen jedenfalls im Sinn einer raschen Abwicklung beziehungsweise eines raschen Abschlusses des vorliegenden Falles zu großem Dank verpflichtet!"

„Abschlusses?", fragte Andreas, während er dem für seine Massigkeit schnell gehenden Mann durch einen ebenerdigen, in der undefinierbaren Farbe altmodischer Damenunterwäsche gestrichenen Gang folgte, immer den Geruch des Polizisten nach altem Schweiß und Zigaretten in der Nase, der jetzt vom noch unangenehmeren olfaktorischen Krankenhausgemisch aus Chloroform, Bohnerwachs, Putzmittel, Alkohol, Tee und Wurstaufschnitt quasi aufgesogen und überlagert wurde.

„Ja, Gott sei Dank!", bekräftigte Ainhirn und hielt dem leicht benommenen Musiker die Hälfte einer Schwingtüre auf, die einen weiteren Gang freigab, der nach etwa dreißig Metern vor einer mit gelblicher Ölfarbe gestrichenen Metallpforte endete, über der ein rotes Notlicht leuchtete, das der Polizist mit „Ah, noch jemand drinn'!" quittierte, Rothmann überholte, an einem waagrecht stehenden Aluriegel des offensichtlich schweren Türblattes zog und ihn eintreten ließ.

Die Kühle des weißgekachelten Raumes überraschte Rothmann nicht, fühlte er sich doch seit seiner Ankunft in Bad Aussee vor wenigen Minuten wie in einem makaberen Krankenhausfilm, einem schwedischen, von dem er sich einmal, trotz großer Beklemmung, nicht aus dem nächtlichen Fernsehprogramm hatte reißen können.

Drei fahrbare Gestelle mit überdeckten Körpern an der einen Wand, in der Mitte ein Seziertisch, der offensichtlich eben erst von der Schwester gereinigt worden war, die sich an einem der zwei quadratischen Waschbecken an der den Bahren gegenüberliegenden Wand in schnellen, kleinen, rhythmischen Bewegungen die Hände wusch. Ainhirn hob die weiße Plastikdecke von dem vorderen der drei Körper, worauf Rothmann in die graugrüne eingefallene Maske einer hakennasigen Greisin sah.

„Rechts!", raunzte die stämmige Schwester, trocknete sich die Hände an einem blaugestreiften Waffelhandtuch und verließ auf schmatzenden Gesundheitsschlapfen den Raum, dessen schwere Türe automatisch und lautlos in ihre Dickung gezogen wurde.

Es war totenstill, als Andreas Rothmann Gottfried Kronsteins wächsernes Gesicht in der Sekunde wiedererkannte, nickte und sich abwenden wollte, woran ihn Ainhirn mit der Bemerkung „Unglaublich gut erhalten!“ hinderte.

„Das macht das eiskalte Wasser des Vordernbaches, das ihn so frisch gehalten hat, ohne ihn aufzupumpen! Schädelfraktur infolge eines Sturzes aus cirka acht bis zehn Metern auf einen unnachgiebigen Gegenstand, sicher an Fels'n“, schob er im Dialekt ein, „mit sofortiger letaler Ausschaltung des Zentralnervensystems. Exitus. Kein Wasser in der Lunge. Er muss sofort tot gewesen sein, sagt Dr. Wegsteiner, unser Grazer Gerichtsarzt, der ihn gleich heute Vormittag obduziert hat.“

Ainhirn hielt noch immer die Plastikdecke in die Höhe.

„Ein typischer Bergunfall! Im Übrigen, na ja, man sollt' halt auch nicht vor, sondern, wenn Sie das Gelände, wo's passiert ist, mit einbeziehen, allenfalls erst nach einer Tour trinken! Aber für gut gemeinte Ratschläge ist es jetzt auch zu spät! Darf ich der Form halber fragen, Herr Rothmann?“

Andreas starrte in die wässrigen, geröteten Augen des Polizisten, der ihn mit einem sicheren, aber milden Blick fixierte.

„Gottfried Kronstein, kein Zweifel?“

Andreas verneinte, sah nicht zum Toten zurück, sondern wankte dem Ausgang zu, dessen Türe ihm schon vom blitzschnell hingeeilten Polizisten aufgehalten wurde.

„Am besten, Sie kommen gleich mit zur Dienststelle, wo wir ein Protokoll machen", meinte der Inspektor gütig, als sie sich wieder auf dem nunmehr schattigen Parkplatz befanden.

„Oder sehen Sie sich nicht in der Lage, mir nachzufahren, Herr Rothmann?"

„Doch, doch!", antwortete Andreas fast tonlos, setzte sich rasch in seinen Mietwagen und folgte wie automatisch dem Polizeifahrzeug durch den Ort, von dem er nicht das Geringste wahrnahm, bis zur Dienststelle von Bad Aussee.

Die Erstellung des Protokolls war quälend für Andreas, weil der Beamte ihn gebeten hatte, gleich mitschreiben zu dürfen.

„So derspar' ma is vü Zeit", meinte er diensteifrig und hatte nur den eigenen Dienstschluss im Kopf.

Andreas diktierte also dem sich ständig korrigierenden Inspektor stoisch die ihm bekannten Fakten in den Polizeicomputer: Konzert bei Zisks, Frühstück an der Quelle des Zimitzbaches, „Mit Champagner!", wollte Ainhirn festgehalten haben, Verabschiedung mit der Ankündigung Kronsteins, eine Wanderung durchs Tote Gebirge machen zu wollen. Mehr war nicht zu berichten, „Beim besten Willen nicht!" Aber bei Nennung dieser letzten Ereignisse aus dem Leben des Gottfried Kronstein, deren Zeuge er zufällig geworden war, obwohl er erschreckend wenig von den Umständen dieses Lebens wusste, den er aber vor noch nicht einer Stunde nackt unter einer weißen Plastikdecke so sinnlos tot gesehen hatte, „Opfer eines Bergunfalls", wie es offiziell hieß, wusste Andreas plötzlich wieder, dass ihn die unbestimmte, aber sichere Ahnung eines Verbrechens von Berlin hierher gezogen hatte, in dieses hässliche Polizei-Wachzimmer einer Kleinstadt in den Bergen des so genannten „Steirischen Salzkammergutes", vor dessen Kartenwand er sich wiederfand, als ihm der Polizist das fertigte Protokoll zur Unterschrift vorlegen wollte.

„Wo genau ist er gefunden worden?", hörte er sich fragen.

„Da, beim Vordernbach-Wasserfall, der in den Toplitzsee mündet. Und da muss er abgestürzt sein", zeigte Ainhirn auf eine wenige Zentimeter entfernte Stelle, die als Bachübergang gekennzeichnet war.

„Und wo ist die Zimitzalm?"

„Da!"

„Und wie kommt man von da nach da?"

„Gar nicht!"

„Eben!", sagte Andreas.

„Was heißt ‚eben'? Er wird einen solchernen Nachrausch gehabt haben, dass er wieder heruntergestolpert ist und beim Toplitzsee nach einer Ernüchterungs-Jaus'n vor lauter Übermut den alten, und verbotenen!, Jagdsteig bis zum Wasserfall gegangen ist. Is' eh ein Wunder, dass er das geschafft hat in seinem Zustand! Touristenglück, das aber nicht ewig währt, wie Sie seh'n!"

„Vielleicht hat ihn jemand gesehen am Toplitzsee", wagte Andreas einzuwenden.

„Haben wir alles recherchiert, Herr Rothmann, was glaub'n'S denn!", gab der in seiner Berufsehre getroffene Bezirksinspektor gekränkt zurück. „Weder der Wirt, noch eine Kellnerin, noch die von der Schifffahrt haben ihn geseh'n. Wie denn auch bei die tausend Leut', die an einem solchen Tag dort herumrennen!

Bitte sind'S so gut und unterschreib'n'S das, Herr Rothmann, und fangen wir nicht wieder von vorne an! Sie haben ja heut' Nacht an mir erlebt, wohin das führen kann!"

Andreas unterschrieb das Protokoll.

„Die Leiche ist übrigens zur Bestattung freigegeben, ebenso seine persönlichen Sachen, die sich noch in seinem ehemaligen Quartier in Gößl befinden. Die Vermieterin ist bereits verständigt. Seine Kleider werden ihm wieder angezogen, solange von den Hinterbliebenen nichts anderes gewünscht wird. Seine Bergschuhe, seine Wanderkarte, sein Telefon und seinen Rucksack bitte ich Sie, inzwischen an sich zu nehmen. Die Scherben der Champagnerflaschen und die Speisereste haben wir uns erlaubt zu entsorgen."

Er lachte Andreas gewinnend an.

„Überhaupt wären wir Ihnen sehr dankbar, wenn Sie sich um das Weitere kümmern würden, Herr Rothmann."

„Wieso ich?", entfuhr es Andreas.

„Na, Sie oder die Familie Zisk! Sie sind doch, wie's aussieht, seine nächsten Menschen! Bei uns hat sich jedenfalls niemand von seinen Angehörigen gemeldet. Vielleicht hat er gar keine! Ist er zum Beispiel verheiratet?“

„Nein“, gab Andreas wahrheitsgemäß zurück und unterließ die Frage, warum eine untersuchende Polizeidienststelle offenbar nicht einmal den Versuch unternommen hatte, irgendjemanden von Kronsteins Familie ausfindig zu machen.

„Eltern?“

„Nein, soviel ich weiß. Uns hat er einmal erzählt, dass seine Mutter bei einem Flugzeugabsturz ums Leben gekommen ist, gerade als sie zu ihm nach Berlin unterwegs war. Sie sei übrigens nie gefunden worden.“

„Vater?“

„Sein Vater soll sich daraufhin das Leben genommen haben, ungefähr ein Jahr später, nachdem dessen Vater, also Gottfrieds Großvater, in einem Altersheim in Buenos Aires an Alzheimer gestorben war.“

„Direkt tragisch das alles, sozusagen fast wie in einer griechischen Tragödie!“, merkte Ainhirn an, ehe er inquisitorisch mit „Geschwister?“ das Verhör wieder aufnahm.

„Nein, und das hat er immer bedauert“, antwortete Andreas prompt und wunderte sich über seine bereitwillige Auskunft.

„Na sehn’ Sie! Sie würden uns viel Arbeit abnehmen, Herr Rothmann!“

Währenddessen hatte er die genannten Dinge aus einem gelblich gebeizten Schrank genommen und Gegenstand für Gegenstand über einen mit wirsinggrüner Gummischreibunterlage belegten Bürotisch in Rothmanns Richtung geschoben.

„Wenn Sie mir bitte hier den Empfang bestätigen wollen …"

Andreas unterschrieb auch dieses, offensichtlich vorbereitete Formular.

„Die anderen Dinge des Verstorbenen befinden sich, wie schon gesagt, noch immer in seiner ehemaligen Unterkunft, Gößl Nummer 6. Ich werde die Vermieterin, Frau Hermine Oder, umgehend davon in Kenntnis setzen, dass Sie oder jemand von der Familie Zisk diese ehestmöglich abholen werden."

Andreas starrte in das selbstzufriedene Gesicht des Polizisten.

„Ach ja, nur pro forma: Ich habe ja Ihren Ausweis noch gar nicht geseh'n, Herr Rothmann, Sie könnten ja irgendwer sein!", lachte Ainhirn geradezu übermäßig amüsiert.

„Könnte ich!", bejahte Andreas im Bewusstsein der mehr als skurrilen Situation und gab dem Beamten betont bereitwillig seinen Personalausweis, den ihm dieser, nachdem er die Nummer abgeschrieben hatte, sichtlich erleichtert und über das große rote Gesicht strahlend mit einem „Also, dann ham ma's ja!" zurückgab.

„Sie vielleicht! Herr Bezirksinspektor!", salutierte Andreas und wandte sich, Kronsteins Rucksack in der Hand, der Türe zu. „Auf Wiedersehen!"

„Eine Frage hätt' ich noch, wenn Sie erlauben, Herr Rothmann, …" Andreas hielt im Türstock inne. „… warum waren Sie eigentlich so schnell wieder da?"

„Weil ich möglichst schnell wissen wollte, wie man von der Zimitzalm zum Toplitzsee kommt, wenn man den Weg durchs Tote Gebirge nimmt!"

Gößl

Es war dämmrig geworden und herbstlich kühl, als Rothmann seinen Mietwagen aufsperrte, sich hineinsetzte, den Schlüssel ins Zündschloss steckte, aber nicht startete, weil ihm schlagartig klar wurde, dass er weder wusste, was als nächstes zu tun sei, noch, wo er die Nacht verbringen sollte.

Hotel suchen, konzentrierte er sich. *Hotel! Völlig unpassend! Er war schließlich nicht auf Urlaub hier! (Aber wozu war er überhaupt hier?) Also ein Zimmer in irgendeiner Pension! Aber nicht in Bad Aussee, besser am zehn Kilometer entfernten Grundlsee, dort, wo er eigentlich hinwollte. Oder am besten in dem kleinen Dorf Gößl am Ende des Sees, in der Nähe der Villa, wo sich auch Kronstein eingemietet hatte, vielleicht direkt bei Frau …* Er hatte den Namen vergessen. *Jedenfalls war es das Haus Nummer 6!,* wusste er noch, und bog auf die feuchte Landstraße entlang des schmalen Flusses der Traun, folgte ihr durch Waldstücke und an Siedlungsflecken vorbei, bis er sie, an ihrem Austritt aus dem See, über eine breite Asphaltbrücke querte.

Dort stand, jetzt nur schemenhaft erkennbar, auf Pfählen jene hölzerne Hütte im Uferwasser, die ihm bei jeder Vorbeifahrt wegen ihres verwitterten Grau und ihrer perfekten rechteckigen Proportion aufgefallen war, ein über vierhundert Jahre alter Fischkalter, wie ihm Gerd erklärt hatte, ein Wahrzeichen, das auf keiner Darstellung des Grundlsees fehle.

Nach ein paar hundert Metern hielt er auf einem Parkplatz an, stieg aus und sah über die dunkle, sich in der Ferne weit in den Gebirgsstock schiebende Wasserfläche, an deren linker Seite vereinzelte Lichter aufschimmerten, manchmal durchzogen von Autoscheinwerfern, während die rechte schroff von einem hohen, schwarzen, mützenartigen Waldberg begrenzt wurde. *Wie eine gigantische venezianische Dogenmitra!*, dachte Andreas, fand aber sofort, dass der Vergleich für einen Berg im Steirischen Salzkammergut unpassend war.

Ihm gegenüber, am anderen Ufer, wurde eben jetzt eine große unbeleuchtete Villa, der seiner Gastgeber nicht unähnlich, von langsam aus dem schwarzen Seespiegel steigenden Nebelschleiern umhüllt, nur in einem Gaubenfenster des Turms machte jemand Licht. Auch von diesem Haus war ihm erzählt worden: Ein Finanzspekulant namens Castiglioni, Gründungsmäzen der Salzburger Festspiele und Finanzier von Max Reinhardts Wiener „Theater in der Josefstadt", habe es zu seinem aufwändigen Sommersitz ausgebaut, ehe es über Umwege in die Verfügungsgewalt des berüchtigten Nazi-Gauleiters Eigruber gelangt sei, der es zu einem Depot für Nazischätze bestimmt habe. Seit ein paar Jahren sei der historistische Bau in Privatbesitz.

Andreas wunderte sich, dass all diese, nicht mehr als flüchtig erwähnten Zusammenhänge einer Landschaft mit ihren darin entstandenen Häusern so konkret in seiner Erinnerung geblieben waren und unreflektiert in ihm aufstiegen, ohne jedoch ihre Geheimnisse preiszugeben, von denen er plötzlich fühlte, dass er mit ihnen in Berührung kommen würde, vielleicht mehr als ihm lieb war.

Es war so still, dass er sein Handy im Inneren des Wagens klingeln hörte. Er öffnete ohne Eile die Türe auf der Beifahrerseite, zog es aus dem Seitenfach seiner Reisetasche und sah auf dem Display den inzwischen eingespeicherten Namen des Anrufers.

„Ja, Albin?“

„Hallo, Andreas, wie war's?“

„Was?“

„Na, alles, was Sie in den letzten Stunden erlebt haben!“

„Woher –“

„Ich habe bei der Ausseer Polizei angerufen, um, falls nötig, meinen Besuch fürs Wochenende anzukündigen, und erfahren, dass Sie da waren und alles erledigen konnten. Danke vielmals! – Es ist also Gottfried Kronstein?“

„Ja, und er, oder seine Leiche, ist zur Bestattung freigegeben. Sie beziehungsweise Ihre Familie sollen sich darum kümmern. Für die Polizei ist der Fall erledigt, Bergunfall!“

„Aber wir kennen ihn doch gar nicht! Hat er keine Familie?“

Die Turmvilla war nun gänzlich hinter dem Nebel verschwunden, den die Helligkeit eines aufsteigenden, aber noch nicht sichtbaren Mondes in ein opal schimmerndes Laken verwandelte, über dessen ausfransendem Rand nur die Fichten der dahinter aufragenden Waldberge schwarz in den bläulichen Nachthimmel zackten.

„Andreas?“

„Ja!“

„Wissen Sie, ob er Familie hat?"

„Er hat keine Familie, Gottfried Kronstein hatte keine Familie …"

„Was machen wir also?"

„Das weiß ich wirklich nicht, Albin!"

„Sie brauchen zunächst einmal ein Quartier, Andreas! Bitte wohnen Sie bei uns, Sie kennen sich ja aus inzwischen. Den Hausschlüssel holen Sie bitte bei einer ehemaligen Putzfrau von uns ab. Sie heißt Erna Schanzl, ihr Haus finden Sie, wenn Sie zum Gasthof Schramml abbiegen, Sie wissen, das ist der Gastgarten mit dem schönsten Blick über den See, den Sie so lieben! Da weiter und nach einer Linkskurve steil bergauf sehen Sie das Haus. Erna Schanzl ist informiert."

Andreas schwieg. Er konnte den Blick nicht von dem sich ankündigenden herbstlichen Mondnachtschauspiel aus Wasser, Bergen, Luft und Licht wenden.

„Andreas?"

„Ja."

„Würden Sie das bitte machen?!"

„Ja, danke. Ich glaube übrigens nicht, dass es ein Bergunfall war!"

„Sondern?"

„Gottfried Kronstein ist ermordet worden."

Andreas Rothmann bog, nachdem er den Schlüssel erhalten hatte, nicht in die Einfahrt zur Villa seiner Gastgeber, sondern fuhr weiter nach Gößl und stellte den Wagen vor dem Dorfgasthof ab. Er war hungrig und wollte etwas gegessen haben, bevor er, nicht wissend für wie lange, ein

Zimmer in dem nunmehr unbewohnten Haus am See beziehen würde.

Die Wirtsstube war leer bis auf einen der sechs Tische, um den vier ältere Männer, offensichtlich Einheimische, saßen, die irritiert von den vor ihnen stehenden halbleeren Biergläsern aufsahen, als Andreas mit einem „Guten Abend" eintrat.

Er mochte diesen für die Jahrhundertwende typischen bäuerlichen Gastraum mit seinen schulterhohen dunklen Holzpaneelen, den er während eines seiner kurzen Sommeraufenthalte zusammen mit den anderen Mitgliedern des Quintetts „auf ein gekochtes Rindfleisch" kennengelernt hatte. Er setzte sich hinter dem flaschengrünen, fein gerippten Kachelofen an den Ecktisch unter vergilbende Fotos berühmter Schauspielergäste wie das von Paula Wessely aus den dreißiger Jahren – Max Reinhardts ‚Gretchen', im Dirndl Plätte fahrend – oder das von O.W. Fischer in der Rolle des Erzherzog Johann, dem in dieser Gegend wegen seiner Heirat der Ausseer Postmeisterstochter Anna Plochl geradezu kultisch verehrten ‚Steirischen Prinzen', und wartete auf Bedienung, die nicht kommen wollte.

Aus einem Nebenraum war jetzt eine Zither zu hören, dann Kinderstimmen, die eine Volksweise intonierten. Andreas vermochte einige der dialektgefärbten Wörter über einer zärtlichen Melodie zu verstehen, „… willst auf'd Alma fahr'n, muaßt di fein guat verwahr'n …"

Er stand auf, ging den Stimmen nach, öffnete die Türe zu einer Art Tanzsaal, auf dessen Bühnenpodest drei Mädchen im Alter zwischen elf und dreizehn Jahren unter Anleitung des Zitherspielers ein Lied übten, das ihm ausnehmend gut gefiel. Leise, um nicht zu stören, setzte er sich an einen der vielen Tische im hinteren Teil des Raums, die Mädchen schienen ihn nicht zu bemerken. Nach einer korrigierenden Anweisung begannen sie eine Strophe, die ihn mehr als seltsam berührte, während sein Blick durch das Halbdunkel über tafelartige Bilder mit großflächig gemalten Trachtenfiguren vor typischen Landschaftsansichten der Gegend glitt.

„Steigst in a' Plätt'n ein,
ruaderst zum Ladner 'nein,
dort wo die Wand beim See,
dort steigst auf'd Höh'."

Polternd wurde die Türe aufgerissen und vor ihm stand ein mächtig aufragender, aber noch junger Mann mit einem Knabengesicht, der fragte, was er wolle, der Gesang war verstummt.

„Ein gekochtes Rindfleisch wäre gut, und eine Suppe. Fritatten oder Leberknödel."

„Rindfleisch ham ma heut nur mehr in Essig und Öl."

Die Mädchen kicherten.

„Dann eine Fritattensuppe und das Rindfleisch".

„Z' trinken?"

„Ein kleines Bier."

„Seiteln ham ma. Aber der Saal ist heute für Fremde geschlossen!"

„Bitte, ein Seitel. Ich sitze sowieso in der Stube."

Missmutig und schwer atmend bewegte sich der junge Mann, den Andreas als Wirt oder zumindest als Wirtssohn erinnerte, hinaus.

Er stand auf und ging, entlang der Ausseer Szenen, durch den Saal zur Gruppe der Kinder, um sie zu fragen, was sie da so schön gesungen hätten.

Das sei das „Vordernbach-Almlied“, erwiderte eines der Mädchen in Jeans und pinkfarbenem Nikipullover.

„Vordernbach! Ist das der Bach mit dem Wasserfall, der dort hinten in den Toplitzsee fließt?“

„Genau! Wo’s den toten Touristen gfund’n ham“, deutete sie mit weit geöffneten kastanienfarbenen Augen geheimnisvoll an. „Und ganz steil drüber, da, wo der Bach noch ganz klein ist, da ist die Alm, die Vordernbach-Alm. Grad schön is’ ’s da!“

Sie nickte so heftig bestätigend, dass ihre schwarzbraunen starken Haare ihr rundes, gerötetes Gesicht fast ganz bedeckten.

„Ah! So ist das! Dank dir schön! Darf ich die Noten einmal sehen“, wandte sich Andreas an den Zitherspieler, „ich bin nämlich Musiker.“

Mit einem „Bitte! Was spiel’n’S denn?“ reichte ihm der schmale, randlos bebrillte, eher junge, aber schon graumelierte Mann ein Notenblatt.

„Oboe“, erwiderte Rothmann und nahm das Blatt.

„Oboe! Schwer! Und wo?“

„Bei den Berliner Philharmonikern.“

Der Chorleiter stand auf, sagte „Respekt!“ und streckte Andreas seine feingliedrige Hand hin.

„Köberl, Lukas, unter anderem Musiklehrer am Gymnasium von Bad Aussee.“

„Andreas Rothmann.“ Er schüttelte kurz die Hand. „Schön ist das. Von wann ist es?“

„Der Text ist so um 1845 von einem gewissen Alexander Baumann geschrieben worden. Wiener Literat und auch Komponist, der immer wieder am Grundlsee war. Die Melodie ist sicher älter."

Der Ruf „Die Supp'n steht am Tisch!" unterbrach das beginnende Gespräch.

Andreas drehte sich um. „Ich komme!"

„Die Noten können'S behalten, wenn'S woll'n!"

„Gerne! Danke vielmals."

„Sind'S länger da?"

„Weiß noch nicht."

„Und wo wohnen'S?"

„Da vorne, in der Villa am See. Und danke nochmals!"

„Ah, entn! A g'schmoh's Platzl!", stellte Lukas Köberl mit kennerhaftem Kopfnicken fest.

„Entschuldigung, was für ein ‚Platzl'?"

„Wenn wir ‚g'schmoh' sagen, meinen wir schön. Kommt wohl von ‚geschmackvoll'."

„Ja, eines von vielen in Ihrer schönen Gegend!"

Er hob grüßend das Notenblatt und ging zwischen ungedeckten Tischen durch den spärlich beleuchteten Raum zur Wirtsstube.

„Vielleicht seh' ma uns ja noch einmal! In Aussee is' nämlich absolut nix los jetzt. Ich steh im Telefonbuch: Lukas Köberl, aber unbedingt ‚Lukas' merken, es gibt nämlich genau sechsundneunzig Köberl in Bad Aussee!"

„Vielleicht wirklich, Herr Köberl! Und eine schöne Probe noch, Lukas!", rief Andreas, als er im Hinausgehen die Saaltüre hinter sich schloss.

Rothmann fuhr auf der von dem Jungwirt beschriebenen schmalen Straße durch das Dorf, an typischen fichtenbretterverkleideten Bauernhäusern vorbei, bergan, bis er vor einem der kleineren anhielt, weil ihn dort eine ältere Frau schon zu erwarten schien. Beim Aussteigen konnte er die in eine Holztafel geschnitzte Nummer 6 an der Hausecke erkennen, weshalb er die auf einem schmalen Weg durch den bauernblumenbestandenen Vorgarten auf ihn zukommende Gestalt in einem dunklen Dirndl fragte, ob sie Hermine Oder sei, was diese bejahte und hinzufügte, dass sie schon „auf ihn gepasst" hätte.

„Wie lang denn schon?", fragte Andreas.

„Seit der Veith Kilian ang'rufen hat vor einer halben Stund'. – Oder war's der Severin? Die zwa Veithbuam kann i' nämli' nie füreinand' halten!"

„Die Sachen von dem Toten" habe sie fein säuberlich zusammengepackt und ins Brückl gestellt, als ihr der Bezirksinspektor Ainhirn am frühen Abend angekündigt habe, dass sie heute oder morgen abgeholt würden. Er solle die Sachen am besten gleich mitnehmen.

„Darf ich sein Zimmer sehen?", fragte Andreas, nicht unbeeindruckt von einer derart gut funktionierenden offiziellen wie nachbarlichen Kommunikation.

„Warum?", erwiderte sie misstrauisch.

„Weil ich wissen möchte, wo er zuletzt war."

„Zuletzt war er im Vordernbach."

„Wo er zuletzt gewohnt hat …"

„Wenn's sein muss, von mir aus! Kommen'S mit."

Sie ging schweigend den gekiesten Weg zum Haus zurück. Andreas folgte ihr durch eine Art von Windfang, einen verglasten Holzvorbau, der in diesem Teil des Salzkammergutes das Brückl genannt wird, über eine schmale Treppe ins obere Stockwerk, wo sie am Ende eines kaum meterbreiten Ganges eine Türe aufstieß und eine Deckenlampe anknipste, deren Leinenschirm mit einer grünen Hirschkarawane bedruckt war.

„Bitte! Da hat er g'wohnt, der Herr Kronstein, bis vor elf Tag'."

Andreas betrat ein niederes, peinlich aufgeräumtes, zur Gänze mit noch hellen Fichtenbrettern ausgeschlagenes Zimmer, in dem ein Eisenbett mit Nachttisch, ein kleiner Schrank, gefertigt aus Zirbenholz, ein Waschbecken, ein quadratischer Tisch mit Stuhl vor dem einzigen Fenster und ein mit Almblumenstoff bezogener Armsessel Platz fanden. Er öffnete das einfach verglaste Fenster und sah zwischen kleinen Holzhäusern und neu gebauten Ferienwohnungen mit ausladenden Balkonen im so genannten Tiroler Stil hinunter auf den See und auf die den Ausblick in der Ferne begrenzenden wenigen schimmernden Lichter des Ortes Grundlsee, vor die sich die Halbinsel mit der dunklen Villa seiner Gastgeber schob, in deren schmiedeeiserner Turmspitze der Abendstern zu nisten schien.

Eine Idylle, die Gottfried so wichtig gewesen sein musste, dass er die Einladung der Zisks, bei ihnen am See zu wohnen, ausschlug, dachte Rothmann, als ihm die Bäuerin mit hoher Stimme ihren durch den Tod Kronsteins erlittenen Verdienstausfall fatalistisch ins Bewusstsein rückte:

„Der Tag von sein Dod und die neun Täg', wo's ihm g'sucht hab'n und wo ich nix hab anrühr'n dürfen von seine Sachen, und nicht vermieten bis heut' um a Sechse, die werden halt jetzt offen bleiben, und das sind bei siebenundzwanzig Euro am Tag auch zweihundertsiebzig Euro ohne Frühstück!"

Andreas schloss das Fenster, sah die Zimmervermieterin an, hob bedauernd die Schultern, verließ den Raum und griff, während er die steile Treppe nach unten stieg, in seine linke Hosentasche, um zu fühlen, wie viel Geld er bei sich hatte. Im Brückl hielt er der Oderbäuerin mit dem Hinweis, dass sie das vielleicht fürs Erste entschädigen könne, zweihundert Euro hin, die diese mit einem „Vergelt's Gott!" unter ihrer braunen, dunkelblau geblümten Schürze in der Tasche ihres weiten rostroten Dirndlrocks verschwinden ließ.

Er nahm das Gepäck Kronsteins, eine schwarze Tumi-Reisetasche und eine kleinere, wie eine Satteltasche gefertigte, die er sich umhängte, und verließ, einen Guten Abend wünschend, das kleine, holzverschlagene Haus, in dem sich Gottfried Kronstein für die letzte Woche seines Lebens einquartiert hatte.

Es war schon nach Mitternacht, als Rothmann bei der Sichtung von Gottfrieds Hinterlassenschaft aus dessen Taschenkalender die Ansichtskarte einer stilisierten, golden schimmernden Felsspitze hinter einem blau getönten Projektionsschleier mit dem Aufdruck „Osterfestspiele Salzburg 1968, Der Ring des Nibelungen, Das Rheingold" entgegenfiel, an „Herrn Gottfried Kronstein, bei

Oder, Gößl 6, 8993 Grundlsee" adressiert, abgestempelt auf einem Salzburger Postamt am fünfundzwanzigsten August:

„Bua willst auf'd Alma fahrn, muaßt Di fein guat verwahrn, dort, wo die Wand beim See, dort steigst auf'd Höh!

Durchn Wald, übers Gröll, auf der Wies rast' a Stell, hörst, dass a Dianderl schreit, ofd bist nit weit!

Day after 5?"

Andreas hätte die handschriftlichen kugelschreiberblauen Zeilen nicht mit dem vor wenigen Stunden erhaltenen Notenblatt vergleichen müssen, um sicher zu sein, dass auf dem Foto eines Bühnenbildes aus dem „Karajan-Ring" von vor vierzig Jahren das „Vordernbach-Almlied" zitiert und mit der seltsamen Frage „Day after 5?" beendet wurde.

Es war totenstill im Haus. Er verließ sein Zimmer, wanderte den langen Gang auf eine hohe, dunkle Doppeltüre zu, öffnete einen Flügel, trat in den Salon mit der Kassettendecke und den ausladenden weißen Sitzmöbeln, betätigte einen Dimmerschalter, sodass der die ganze Wand einnehmende frühbarocke Gobelin aufleuchtete, stellte sich, diesem gegenüber, an das mittlere der drei Bogenfenster und sah entlang einer platin auffunkelnden Mondbahn über den lang gezogenen schwarzen See, der sich jetzt hinter einem Nebelvorhang verlor.

Day after 5 – Rheingold – Vordernbach-Almlied – Vordernbach-Alm – Vordernbach-Wasserfall …

Er hörte sich, zusammen mit den vier anderen, das von Gustav Mahler inspirierte, weit ausschwingende, sehnsüchtige „Andante sostenuto" aus dem D-Dur-Bläserquintett von Bohuslav Foerster an jenem Augustabend vor den etwa hundert Zuhörern in eben diesem, damals leer geräumten, mit Holzsesseln versehenen Raum spielen, das vielleicht beste Stück des Konzerts, als ihm plötzlich klar wurde, dass die Ansichtskarte in seiner linken Hand Gottfried Kronstein zu einem Treffen am Tag nach dem Konzert auf der Vordernbach-Alm aufforderte. *„Day after 5" – „Tag nach 5" – Der Tag nach dem Quintettabend!*

Er lief zu den auf dem Schreibtisch seines Zimmers ausgebreiteten Papieren, faltete Gottfrieds vom Wasser wellig gewordene Alpenvereinskarte des Toten Gebirges auseinander, folgte von der Fundstelle der Leiche dem Bachlauf mit dem Zeigefinger fast senkrecht nach oben, bis er über ein paar Hüttenmarkierungen den Aufdruck Vordernbach-Alm las. Von dort aus führte eine Forststraße quer nach links zur Zimitz-Alm, dem Ort ihres Abschieds.

Gottfried war zu seiner Ermordung bestellt worden. Sein Mörder hatte ihn förmlich dazu eingeladen!

Andreas hielt die Karte ins Mondlicht:

„Durchn Wald, übers Gröll, auf der Wies rast' a Stell, hörst, dass a Dianderl schreit, ofd bist nit weit!"

Nach dem Aufstieg hältst Du eine Rast …, dann hörst Du, dass ein „Dianderl" schreit …, das meinte doch, dass eine „Almdirn", eine Sennerin, jodelte oder juchizte, wozu sie hier „schreien" sagen. „Almschreie und Jodler" heißt es doch in Konrad Mautners „Rasplwerk", der berühmtesten Volksmusiksammlung Österreichs!

Aber warum wurde Gottfried Kronstein von seinem Mörder, vielmehr seiner Mörder-in, soviel war jetzt klar, auf eine Alm gelockt, bevor er ermordet wurde?

Toplitzsee

Am nächsten Morgen war er nach nur wenigen Minuten Schlaf, wie ihm schien, hellwach aufgestanden, hatte im Haus ein Paar passende Wanderschuhe gefunden, einen seiner Pullover, seine Windjacke, eine Plastikflasche mit Mineralwasser und die Tourenkarte in Gottfrieds Rucksack gesteckt, und war die zwei Kilometer nach Gößl gefahren, wo er seinen Wagen wie am vorherigen Abend auf dem Parkplatz vor dem Dorfgasthaus abstellte, um auf der für Fahrzeuge gesperrten Schotterstraße endlich zum Toplitzsee zu gelangen.

Unter einer berghohen überhängenden Felswand folgte der Weg durch einen von moosbewachsenen Gesteinsbrocken gelichteten Mischwald dem gewundenen Lauf eines Baches, der den schmalen, sich tief ins Gebirge schiebenden, schwarzgrünen, von einem Holzwehr gestauten See unweit eines Ausflugslokals verließ. In der Morgensonne ließen dicke Tautropfen die Tischplatten im leeren Gastgarten am Ufer hundertfach aufleuchten, sodass Andreas an goldbeschlagene Särge denken musste, ehe er das als „Fischerhütte" bekannte Wirtshaus betrat.

Bei dem für einen Wirt untypisch aussehenden hageren Mann mit Aristokraten-Oberlippenbärtchen und langen, nur die Knie freilassenden Lederhosen erkundigte er sich anhand seiner Karte nach dem Weg zum Wasserfall, und ob es möglich wäre, von dort aus zur Vordernbach-Alm aufzusteigen. Das sei möglich, meinte dieser, aber nur erfahrenen Bergsteigern, da schon der Weg bis zur balkenüberspannten Schlucht gefährlich und eigentlich gesperrt sei, der „Prinzensteig" aber, der gleich nach dem schmalen Steg steil und nur durch „Dauben" markiert in den Berg hinein und nach oben führe, habe es „in sich".

Auf die Frage, was denn „Dauben" seien, bekam er zur Antwort, dass diese von Jägern aufgetürmte kleine Geröllpyramiden oder Steine auf Baumstümpfen an Pfadänderungen seien, denen man unbedingt, mit Blick auf das nächste derartige Zeichen, zu folgen habe, weil man sich sonst unumkehrbar im schroff zum See abstürzenden Berg versteige.

Er würde aber von dieser Tour unbedingt abraten, weil erst vor wenigen Tagen ein Tourist bei dem Wagnis, den „Prinzensteig" zu machen, ums Leben gekommen sei.

Warum dieser gefährliche Pfad denn „Prinzensteig" heiße, wollte Rothmann noch wissen, um von seinem Vorhaben abzulenken.

„Weil über den Weg der Erzherzog Johann aufgestiegen ist, der ‚Steirische Prinz', damals, in den 1820er Jahren, als die Vordernbach-Alm noch ein ganzes Almhüttendorf war, das ihm und seiner jungen Liebschaft zu Ehren ein großes Fest gegeben hat, mit Tanz und Musik. Aber das war ein erfahrener Bergsteiger, der Erzherzog! Die ganze Steiermark ist der abg'wandert, um sich ein wahres Bild von die Lebensumständ' der Leut' zu machen. Hat dann auch viel für uns getan!", antwortete der Wirt, während er zwei Schnapsgläser füllte, von denen er eines Andreas hinhielt.

„G'sundheit! Und lassen'S den Steig, wär' doch schad' um Sie!"

„G'sundheit!", erwiderte Andreas den ihm bekannten, in der Gegend üblichen Toast, hob zuprostend sein Glas und genoss es, den fein gebrannten, sehr an Gin erinnernden Wacholderschnaps wärmend in den Magen fließen zu spüren.

„Ich schau' einmal, und wenn ich nicht hierher zurückkomm', dann ruf' ich Sie an, heut' noch, sicher!"

Er tippte von einer Speisekarte die Telefonnummer der Fischerhütte in sein Handy und verließ, sich für den guten Schnaps und die bereitwillige Auskunft bedankend, das Lokal, vor dem die schräg einfallende rötliche Herbstsonne Ufer, See und Waldberge mit einem Goldhauch zu überziehen schien, auch die voll bestückten Vitrinen und Schautafeln, an denen er, den Gastgarten verlassend, vorbei musste, um zu besagtem Jagdsteig zu gelangen, aber fein säuberlich, mit Stecknadeln aneinandergeheftete Geldscheine hinter Glas erregten seine Aufmerksamkeit. Er trat näher und erkannte englische Pfundnoten, darunter die entsprechenden dazugehörigen Druckerplatten.

„Der Schatz vom Toplitzsee" las er über Fotos von Tauchexpeditionen, die offensichtlich an diesem See, hier am Ufer aufgenommen worden waren.

„Schon einmal etwas vom ‚Unternehmen Bernhard' gehört?" Die leise Stimme des Wirts war so dicht hinter ihm, dass Andreas sich nicht einmal umwandte, als er „Nein, was ist das?", antwortete.

„Die größte bekannte Fälschungsaktion der Geschichte! Die Nazis wollten mit Falschgeld die englische Wirtschaft aus den Angeln heben. Die Hauptproduktion war im KZ von Sachsenhausen, brillant und absolut täuschend ausgeführt von KZ-Häftlingen, gezwungenermaßen. Aber auch hier im Ausseerland wurde Geld gedruckt, und als die Amis kamen, hat die SS Falschgeld und Druckerplatten in Kisten verpackt, im See versenkt und ist davon gelaufen."

„Und das ist er, der ‚Schatz vom Toplitzsee'?", fragte Andreas und drehte sich zum Wirt, indem er auf die Pfundnoten und Druckerplatten zeigte.

„Eigentlich schon. Aber immer wieder versuchen Tauchexpeditionen, vor allem amerikanische, mehr zu finden."

„Was?"

„Gold, Schmuckstücke oder Insignien des gestohlenen ungarischen Kronschatzes zum Beispiel, der sich auf seinem Bergungsweg auch am Grundlsee befunden haben soll, oder Goldbarren, geraubte Juwelen in unvorstellbaren Mengen, alles ehemaliger jüdischer Besitz, das so genannte Nazigold, das auch hier im See versenkt worden sein soll. Teile davon hat man ja gefunden, vergraben in Blumenbeeten, vor Häusern in Grundlsee oder Altaussee, in denen SS-Größen wie Kaltenbrunner, Eigruber oder auch Eichmann versucht haben unterzutauchen, ehe sie in Almhütten des Toten Gebirges Zuflucht gesucht haben, bis sie verhaftet worden sind, oben oder herunten, auf der Flucht irgendwo oder in Argentinien, wie Eichmann, unter neuer Identität."

„Kaltenbrunner und Eichmann im Toten Gebirge!"

„Und nicht nur die!"

Andreas wich langsam einige Schritte zurück, um über dem Waldgrün die weißen Verwerfungen der Kare ausmachen zu können, in deren Triften und Tälern sich jene Verbrecher versteckt haben sollen.

„Auf einem Läuterungsweg waren die sicher nicht!"

„Wie bitte?" Der Wirt war ihm nachgekommen, Andreas setzte sich an einen der Tische am Ufer.

„Aber es muss ihnen doch irgendjemand …" Er konnte das Gesicht des nun vor ihm stehenden Wirts im Gegenlicht kaum erkennen.

„Aber genug! Da gab's genug, leider! Zahlen konnten sie ja gut, die Herren Verbrecher! Und das hängt der Gegend noch immer an, bis heut'!"

„Und das Gold, hat man was davon heraufgetaucht?"

„Nichts, jedenfalls nichts von dem ich wüsste. Nur ein Mal, vor ein paar Jahren, ist eine amerikanische Expedition überstürzt abgebrochen worden, was mich sehr gewundert hat, weil sie noch für weitere vier Tage die Taucherlaubnis hatte. Aber geseh'n habe ich auch nichts. Kann sein, dass sie mit ihrem kleinen U-Boot gar nicht nach den Barren, sondern nach den Kassibern gesucht haben …"

„Nach welchen Kassibern?"

„Es soll unglaublich viele Listen mit anonymen Schweizer Nummernkonten geben, teils jüdische Konten, die den Gefangenen in den KZs abgepresst worden waren, teils solche, die Angehörige von KZ-Häftlingen preisgegeben haben, um inhaftierte Familienmitglieder frei zu bekommen, teils Nazikonten, auf die ihre Mörder das geraubte Geld verschoben haben."

„Und diese Kassiber …?"

„… sollen im Frühjahr fünfundvierzig auch im Toplitzsee versenkt worden sein."

„Aber wie um alles in der Welt hätte man die denn in so einem See je wiederfinden können? Das Ganze hört sich doch eher nach einem Schildbürgerstreich an!"

„Nein, nein, so ist das nicht, daran haben die schon gedacht! Die Kisten, Kassiber oder was immer, sollen an vierzig, fünfzig, bis neunzig Meter langen Seilen hinuntergelassen worden sein, an deren Enden Holzbalken befestigt waren, die so weit unter der Wasseroberfläche schwammen, dass man sie zwar nicht sehen, aber tauchend finden konnte, also ungefähr acht bis zwölf Meter tief, wie Bojen eben, die nicht auf dem Wasser, sondern unter dem Wasser schwebten."

Rothmann war unfähig, aufzustehen.

„Aber warum ausgerechnet hier?", fragte er, sich mit hilfloser Geste zum goldflimmernden Wasser umdrehend.

„Alpenfestung! – Noch nie davon gehört?"

„Nein!" Er schüttelte den Kopf und sah zu dem Wirt hinauf, der hinter ihm stehen blieb.

„Hier fühlten sie sich sicher. Hierher verbrachten sie so viel wie möglich von dem, was sie zusammengestohlen hatten, was ihnen wertvoll erschien. Das geraubte Gold zum Toplitzsee, Bilder und Kunstgegenstände wurden im Altausseer Salzbergwerk eingelagert, Hitlers Privatbibliothek kam an den Grundlsee, wo sich auch Magda Goebbels während des Krieges mit ihren Kindern aufgehalten hatte, ehe sie mit diesen nach Berlin zurückkehrte, um sie im ‚Führerbunker' zu vergiften. Aber wenigstens das werden Sie doch wissen!"

Andreas nickte, obwohl er nicht die geringste Ahnung von all dem hatte, und sah wieder zum See, auf dem ein

Teppich aus herbstgelben Buchenblättern wie Blattgold über einem bodenlosen schwarzen Grund vorübertrieb.

„Schön, gell?! Wissen'S was, Sie bleiben hier sitzen, schau'n sich das noch ein Zeit'l an, genießen die Herbstsonne, lassen den Prinzensteig Prinzensteig sein, essen einen geräucherten Saibling, trinken ein Glas'l steirischen Morillon dazu, fahren, wenn genug Leut' da sind, mit der Motorplätte hinein, geh'n zum Kammersee, in einen der abgeschiedensten Winkel dieser Welt, ergötzen sich an der gespiegelten Herbstverfärbung, kommen dann zurück, nehmen noch eine Gulaschsuppe und ein kühles Bier, wandern gemütlich am Toplitzbach zurück an den Grundlsee, haben einen wunderschönen Tag gehabt, den ganzen Nazi-Scheiß vergessen, und freuen sich, dass sie noch am Leben sind!"

Als wäre er plötzlich wach geworden, stand Rothmann auf und streckte dem Wirt die Hand hin.

„Danke, sehr nett, aber ich muss jetzt los."

„Müssen! Kein Mensch muss müssen – sagt Lessing!", antwortete dieser und hielt seine Hand fest.

„Ich m u s s die Stelle finden, wo ein Freund ums Leben gekommen ist, wenn Sie's genau wissen wollen."

Der Wirt sah ihn erstaunt an und gab durch die Hebung seines Kopfes zu erkennen, dass ihm die ganze Unternehmung nun noch suspekter war, ließ aber die Hand los, indem er sie fast von sich stieß.

Andreas ging, hörte ihn aber nach etwa fünfzig Metern, die er auf dem weichen Boden am Ufer zwischen Buchen gegangen war, „Aber Sie rufen mich an oder schau'n wieder hier vorbei!", fordern, worauf er seine

Hand hob und mit einem gerufenen „Ja!“, begann, die erste Steigung in die Bergflanke hinein zu nehmen.

Der Pfad zum Wasserfall führte ihn entlang von schroff abfallenden oder überhängenden Felswänden in einer Höhe von vierzig bis sechzig Metern über dem See durch einen Mischwald, dessen herabgewehte Blätter immer wieder als rote, ockerfarbene und goldene Inseln über schwarzem Grund fast senkrecht unter ihm aufleuchteten, ein faszinierendes Bild, um dessentwillen er oft anhielt und sich an die porösen Felsen lehnte, um es genießen zu können.

Als er die Schlucht über den schmalen Balken vorsichtig, sich am Sicherungsstahlseil festhaltend, seitlich Fuß an Fuß setzend, querte, wurde ihm klar, dass, wer von hier aus in den reißenden Bach tief unter ihm stürzte, sterben musste, sei es, in dem er sich den Kopf an den gewaltigen moosüberzogenen Felsbrocken einschlug, sei es, dass ihn die zum See schießenden Wassermassen über glitschige Steinkanten metertief von Gumpen zu Gumpen rissen. Dass aber irgendjemand, der nicht betrunken war oder Selbstmordabsichten hatte, diese lebensgefährliche Passage ohne äußerste Achtsamkeit nehmen würde, schien ihm ausgeschlossen. Und Gottfried Kronstein war weder das eine noch das andere, außerdem erinnerte er den Tag seines Todes als einen strahlenden, trockenen Spätsommertag.

Nach einigem Suchen fand er anhand einer ersten Daube den Prinzensteig, folgte mit größter Anstrengung den schwer auszumachenden, den Berg wie eine unsichtbare Leiter traversierenden Steinzeichen in schwindelerregende Höhen, immer über jenem goldübersprühten Abgrund, der da Toplitzsee hieß, bis er nach etwa zweieinhalb Stunden einen Nadelhochwald erreichte, der ihn nach einer weiteren Stunde auf jenem Almboden entließ, der von dem ihn hier noch als Rinnsaal in weit ausgreifenden Serpentinen durchfließenden Vordernbach seinen Namen erhalten hatte.

„Grad schön is' da!" Er musste an das dunkelhaarige Mädchen in dem pinkfarbenen Pullover aus der Musikgruppe im Gasthof Veith denken, als er die vereinzelten, wie hingewürfelten Hütten in dem sanft gewellten, von felsigen Höhenzügen fast kreisrund umgebenen Tal sah; selbst die Melodie des Liedes fiel ihm wieder ein.

Was suchte er hier? Was wollte er hier finden, fragte er sich, als er wie zufällig auf die in der Mitte des Wiesengrundes gelegene niederste Hütte zuging, deren Fenster- und Türöffnungen mit Holzläden verschlossen waren, die von geschmiedeten Eisenbändern an die rohen Balken der Außenwände gepresst wurden. Ein mächtiges Hirschgeweih auf einem Schild aus geschnitzten Eichenblättern über der Eingangstür ließ ihn eher ein altes Jagdhaus, als eine Sennhütte vermuten. Er betrat den wie einen Balkon gezimmerten Vorplatz des Hauses und ließ sich, erschöpft vom Aufstieg, auf der umlaufenden Bank nieder, um sein mitgeführtes Wasser zu trinken. Stille.

Jetzt war er also auf jener Vordernbach-Alm, zu deren Besuch Gottfried Kronstein kurz vor seinem Tod durch einen diesen Ort besingenden Volksliedtext auf einer Bühnenansichtskarte von Wagners „Rheingold" aufgefordert worden war, eine Einladung, der er zweifellos Folge geleistet hatte, denn es gab den vermuteten Durchstieg zu der Stelle, von der aus er in das Wildwasser gestoßen worden sein musste. Aber wo war der Beweis für diese Annahme? Sollte er das Umfeld aller hier oben stehenden Almhütten absuchen, um irgendeinen kleinen Hinweis, der seine Vermutung stützen würde, zu finden? Andreas zerdrückte wütend die leere Plastikflasche und erschrak über das knatternde Geräusch, dessen Echo wie trockene Maschinengewehrschüsse durch das lautlose Bergtal hallten, und warf sie auf die unter ihm liegende Wiese. Er wollte aufgeben, die Finger lassen von einer Sache, in die er sich sinnlos verrannt hatte, die ihm nachgerade lächerlich erschien, weil sie jeder vernünftig zu vermittelnden Grundlage entbehrte, mochte sie nun stimmen oder nicht. Ärgerlich sah er in seine Alpenkarte, stellte fest, dass der Weg zur Zimitzalm von dort, wo er sich befand, über breite Forststraßen führte, beschloß, diesen noch zu gehen, um für sich die Angelegenheit abzuschließen, dann zu seinem Quartier abzusteigen, am nächsten Morgen nach Hause zu fliegen und die ganze Sache so schnell wie möglich zu vergessen.

Sollten sich doch seine Gastgeber oder wer immer um die Bestattung der von der Polizei freigegebenen Leiche kümmern, er hatte damit absolut nichts zu tun, er wollte absolut nichts mehr damit zu schaffen haben, hatte sich schon viel zu lange in etwas hineinziehen lassen, das seine Gedankenwelt infiziert hatte, das ihm zutiefst zuwider war, wie die Nazigeschichten von dem See da unten, in den ausgerechnet der Bach mündete, der sich hier oben noch unschuldig durch eine idyllische Almwiese wand, ehe er als reißendes Wildwasser Gottfried Kronsteins tödliches Verhängnis wurde. Ein Bergunfall eben!

Wie zur Bestätigung seiner Gedanken fühlte er sich vom mehrmaligen Lachruf eines Buntspechts verspottet, der eben jetzt vom mächtigen Torso einer blitzgespaltenen, schiefergrauen Wettertanne aufflog.

Er war schon in einiger Entfernung zur Hütte, als ihm seine Plastikflasche einfiel, irgendwo hatte er einmal sehr beeindruckt gelesen, dass Plastik vierhundert Jahre brauche, bis es verrotte, also kehrte er noch einmal um, um sie mitzunehmen. Als er sich bückte, um sie aufzuheben, sah er unter dem auf etwa einen halben Meter aufgezimmerten Vorbau, seinem Rastplatz, einen drahtumwickelten Korken liegen, den er zusammen mit einem ebenfalls dort liegenden, golfballgroßen Papierknäuel aufnahm und aufgrund des mit blankgezogenem Schwert dahingaloppierenden Tempelritters auf der Blechkapsel sofort als Verschluss einer Champagnerflasche der Marke Taittinger erkannte, jenes Champagners, der ihm und seinem Kollegen von Gottfried Kronstein am Morgen seines Todestages bei der Zimitzquelle kredenzt worden war. Nachdem er das zusammengeknüllte feuchte Papier vorsichtig geöffnet hatte, überkam ihn ein Schwindelgefühl. Er musste sich an den Hüttenvorbau lehnen, ohne den Blick von dem Blatt heben zu können, das offensichtlich die Fotokopie einer handgeschriebenen Partiturseite war. Zwischen dem Gitterraster aus Notenzeilen und Taktstrichen, gefasst von der zweifachen Anweisung „Zurückhaltend. Etwas langsamer“, getragen von Pianissimo-Streichern, in schier bodenlosen Tiefen verortet, erhob sich über der unglaublich elegant hingeschriebenen, am Blattrand abreißenden Zeile, „Nur wer der Minne Macht versagt, nur wer der Liebe Lust verjagt, nur der er-", jene wehmütige Melodie der Vergeblichkeit, die Rothmann mit den Worten „nur der erzielt sich den Zauber, zum Reif zu zwingen das Gold" im Kopf zu ergänzen wusste. Kein Zweifel, das war der von der Rheinnixe Woglinde fahrlässig preisgegebene Code, der zum Raub des Goldes, eben des „Rheingolds" befähigte, vor allem aber dazu, es seiner Unschuld zu berauben, um es, zum Kapital verwandelt, als unheilbringende Materie in den wertfreien Kreislauf der Natur und des Lebens einzuschleusen, mit dem Ziel, diesen gewinnbringend zu beherrschen, und dem Ergebnis, ihn am Ende in einer furiosen „Götterdämmerung" vernichtet zu haben; und ohne jeden Zweifel war das die Handschrift Richard Wagners.

Andreas Rothmann hielt die Fotokopie einer Seite der verschollenen Originalpartitur von Richard Wagners „Rheingold" in seiner linken und einen Champagnerkorken der Marke Taittinger in seiner rechten Hand.

Das war der Beweis, Kronstein war hier gewesen, hatte, soviel war aufgrund der Salzburger Karte klar, bei dieser Almhütte seine Mörderin getroffen, mit ihr Champagner getrunken, und sowohl seine Mörderin als auch seine Ermordung hatten etwas mit einer Partitur aus dem „Ring des Nibelungen" von Richard Wagner zu tun. Denn genau diese verschollene Partitur wollte Kronstein nach ihrer Wiederauffindung, die er sich zur Lebensaufgabe gemacht hatte, auf die Pulte der Berliner Philharmoniker legen. Plötzlich gab es einen Zusammenhang zwischen Kronsteins geheimnisvoller Mission und seiner Ermordung, die Anhaltspunkte der abstrusen Geschichte ergaben durch diesen zufälligen Fund einen makaberen Sinn.

Andreas war glücklich darüber, erleichtert auch, dass ihn seine Ahnung nicht getrogen hatte, ein Glücksgefühl, das ihn den langen Weg über staubige Forststraßen bis zur Zimitzalm und wieder hinunter ins Tal mit einer Leichtigkeit bewältigten ließ, die ihn selbst überraschte.

Erst als er am Abend seine Fundstücke, den Champagnerkorken, die Ansichtskarte mit dem Text des Vordernbach-Liedes und die fotokopierte Partiturseite aus „Rheingold“, vor sich auf dem Couchtisch des Salons ausbreitete, wich seine Begeisterung einer Ratlosigkeit vor der ihm aufgebürdeten Verantwortung, was weiter mit dem toten Gottfried Kronstein, der abholbereit in einem Kühlfach des Bad Ausseer Krankenhauses lag, zu geschehen habe.

In seiner Not versuchte er seinen besten Freund aus gemeinsamen Internatszeiten in einer niederbayrischen Klosterschule, den katholischen Geistlichen Josef Perner, in dessen Pfarrhaus er mit dem Quintett oft konzertiert hatte und der auch der Familie seiner Gastgeber aufgrund eines einjährigen Internatsgastspiels von Gerd Zisk freundschaftlich verbunden war, über dessen Handy zu erreichen, was ihm nicht gelang, also bat er auf der Mailbox dringend um einen Rückruf, den er nach einer Stunde auch erhielt.

Andreas schilderte ohne Umschweife seine unglaubliche Geschichte, wies darauf hin, dass er, Josef, sich sicher an Kronstein erinnern könne, weil er ihm ein paar Mal bei Salzburger Konzert- und Opernabenden begegnet sein müsse, und fragte, was er mit dessen Leichnam, der von der Polizei zur Bestattung freigegeben worden war, tun solle.

„Wieso du?“, fragte Pfarrer Perner.

„Ich bin da hineingerutscht, wie ich dir schon gesagt habe, und von den Zisks ist niemand da oder hat niemand Zeit, und Gottfried Kronstein hat, so befremdend es auch sein mag, absolut keine Angehörigen, ‚hatte‘, muss es heißen; außerdem will die Ausseer Polizei den Fall so schnell wie möglich los haben.“

„Das ist typisch!“ Die Gesprächspause, die jetzt entstand, war quälend für Andreas, aber er wagte nicht, sie zu beenden.

„Ich könnte zum Beispiel eine Feuerbestattung vornehmen lassen. - - - Das ist möglich, wenn ich mich als Pfarrer dazu bereit erkläre, die Urne auf dem Friedhof meiner Gemeinde zu bestatten, und dann können wir weitersehen.“

„Das würdest du wirklich tun?“

„Ja, natürlich, wenn dir dabei geholfen ist!“ Rothmann war erneut sprachlos.

„Aber sag mir, bist du dir völlig sicher, dass Kronstein ermordet worden ist?!“

„Völlig …“

„Weil er nach verschollenen Wagnerpartituren gesucht hat? Das ist doch …“

„Weil er danach gesucht hat und offenbar nahe daran war, sie zu finden. Ich habe eine fotokopierte handschriftliche Seite von Wagner aus der Rheingoldpartitur hier liegen!“

„Und die andere vermisste Partitur ist wirklich die der ‚Walküre‘?“

„Ja, das hat er immer behauptet.“

„Unglaublich! Ausgerechnet ‚Walküre‘, meine Lieblingsoper! Aber warum sind die verschwunden?“

„Keine Ahnung!“

„Wahnsinn ist das!“

„Das kann man wohl sagen!“

„Du, verzeih’, darf ich dich heut’ Nacht oder morgen Früh zurückrufen, ich hab nämlich grad Besuch von einem Freund, ehemaliger Studienkollege, der jetzt in Rom tätig ist, du verstehst! – Aber wir bringen die Sache schon in Ordnung, kannst ganz beruhigt sein! – Du legst dich jetzt am besten schlafen, hast ja eine anstrengende Bergtour hinter dir! - - - Andreas?!“

„Danke, Josef!“

„Keine Ursache, Andreas! Bis morgen also!“

„Bis morgen! Und einen schönen Abend noch!“

Grundlsee

Am nächsten Morgen flog Monsignore Godehard Palgartner früher als geplant mit der ersten verfügbaren Maschine, auf die er telefonisch umgebucht hatte, von München nach Rom. Er wollte einfach die günstige und angenehme Gelegenheit nützen, von seinem „liebsten Studienfreund“ auf dessen spontan unternommener Fahrt von Niederbayern ins Ausseerland am Flughafen abgesetzt zu werden, wie er im Verlauf ihres Endlosgesprächs während der schlaflosen letzten Nacht erklärt hatte.

Als Pfarrer Perner um die Mittagszeit in das parkähnliche Grundstück am See einbog, sah er Rothmann an einem aus Biertischen zusammengefügten, von Bierbänken umgebenen großen Holztisch am See sitzen, über Notizbücher und Blätter gebeugt, die er mit Ufersteinen beschwert hatte. Am Vormittag hatte der Pfarrer bereits seinen Bad Ausseer Amtskollegen aufgesucht und war erleichtert, mit dessen Hilfe über das ortsansässige Bestattungsinstitut schon für den nächsten Tag einen Einäscherungstermin im Krematorium des Salzburger Kommunalfriedhofs erhalten zu haben, die Überführung des Toten übernommen zu wissen und geklärt zu haben, die Urne persönlich in Empfang zu nehmen, um sie auf dem Friedhof seiner Pfarrgemeinde Berndorf in Niederbayern beisetzen zu können. Nun stieg er aus seinem Mercedes-Kombi, unterließ es aber, die Wagentüre zuzuschlagen, um Andreas, der den überirdisch schönen, kristallklaren Herbsttag gar nicht zu bemerken schien, nicht zu erschrecken. Die Elemente der Landschaft, Wiesen, Waldberge und Felsen, waren von einer Farbintensität, als würden sie aus sich selbst heraus leuchten, sie standen in einer von ihm so noch nie gesehenen Plastizität über dem kaum gekräuselten, lapislazulifarbenen Spiegel des Sees, der in einem solch unendlich weiten, alles überwölbenden, nur als königsblau zu bezeichnenden Himmel seine Antwort zu erhalten schien, dass der Priester nicht umhin konnte, seinem Gott für dessen Schöpfung zu danken, ehe er Rothmann, dem er sich vorsichtig genähert hatte, leise mit dessen Vornamen ansprach, worauf dieser aufsprang und ihn lange umarmte, dankbar für sein Kommen, das er niemals so schnell erwartet hätte.

„Jetzt brauch' ich ein Schnitzel beim ‚Schramml', meinte der hünenhafte Pfarrer mit den verschmitzt lächelnden Augen hinter seiner Goldrandbrille, und wenig später saßen sie unter den gestutzten Kastanien jenes Gastgartens, der den schönsten Anblick des Grundlsees bot, von seinem mit Waldhügeln mild umgebenen Anfang bis hinein zur Gössler Wand mit dem knochenweiß aufgeschichteten Toten Gebirge darüber.

„Da steht sie so nah am See und tut so, als ob sie kein Wässerchen trüben könnte, die Castiglioni-Villa!"

Josef wies mit seinem Bierglas auf das ihnen schräg gegenüberliegende, sich wie verwunschen in den Schatten hoher Uferbäume zurückziehende, turmbestückte Gebäude und prostete ihm zu.

„Wieso, was hat sich denn das Haus zu Schulden kommen lassen?", fragte Andreas, sich erinnernd, wie er am vorgestrigen Abend nach der Identifizierung im Bad

Ausseer Krankenhaus und seinem Protokoll auf der Polizeidienststelle fasziniert zum Zuschauer von dessen Nebelverhüllung geworden war.

„Du hast natürlich recht, das offensichtlich für große Sommergesellschaften konzipierte Haus kann wirklich nichts dafür, dass es zur Brutstätte von Hitlers ‚Führerbibliothek' umfunktioniert wurde."

„Wie bitte?"

„Ja, mit eigens dafür angestelltem Bibliothekspersonal und SS-Bewachung! Und genau von dort sind deine Partituren, und noch einiges andere von Wagners Hand, verschwunden, wahrscheinlich bei Kriegsende im Frühjahr fünfundvierzig!"

Andreas vergaß, sein Schnitzel zu essen. „Aber wie sind sie denn dort hingekommen und wie ausgerechnet in die Bibliothek Hitlers?", stammelte er.

„Mit nächtlichen Sonderzügen oder Lastwagenkarawanen, ab dem Jahr dreiundvierzig, als die Nazis begannen, zunächst einmal prophylaktisch, sich um sichere Verstecke für ihre Schätze umzuschauen, für den undenkbaren Fall der Fälle, dass der Krieg vielleicht doch nicht ganz so gut laufen sollte, wie es zweiundvierzig noch den Anschein hatte. Vierundvierzig, fünfundvierzig hat man ja dann ausgiebig davon Gebrauch gemacht! Das Ausseerland wurde zur ‚Alpenfestung' erklärt, in der der gigantische Nibelungenhort des Nationalsozialismus verwahrt werden sollte, die Kunstwerke im Salzstollen, das Gold und die Juwelen nicht ‚auf dem Grunde des Rheines', wo Wagners Ringtragödie ihren Anfang nimmt, sondern, aus Sicherheitsgründen, in den Tiefen des Toplitzsees. Hitlers private Buchschätze sollten hier allerdings nur zwischengelagert werden, sie waren dazu auserkoren, zusammen mit zigtausend anderen hier zusammengeführten Büchern, geraubt aus hunderten von Sammlungen wie denen von Arthur Schnitzler oder Rothschild oder anderen jüdischen Großbürgerfamilien, Mittelpunkt und Prunkstücke der so genannten Führerbibliothek in Linz zu werden, das als Hitlers Jugend- und Lieblingsstadt mit wahnwitzigen Ausbauplänen bedacht war.

Die Idee, die Führerbibliothek ausgerechnet hier systematisch aufbauen zu lassen, hatte kein Geringerer als der fanatische SS-Obergruppenführer August Eigruber, seines Zeichens berüchtigter Gauleiter des so genannten ‚Gaues Oberdonau', wie das Bundesland Oberösterreich jetzt genannt zu werden hatte, und dem das ‚Steirische Salzkammergut', wie die Gegend hier noch immer, oder besser seit achtundvierzig wieder, heißt, einverleibt worden war, weil Eigruber es ebenso sehr liebte, wie die im Entstehen begriffene, auf eine Million Bände projektierte Bibliothek seines vergötterten Führers, insbesondere dessen Privatbibliothek mit ihren Kronjuwelen, den Originalpartituren Richard Wagners, als deren Gastgeber er sich mit dieser fürstlichen Villa an diesem wunderschönen See bei seinem Abgott unsterblich machen wollte. Er hat es sich übrigens nicht nehmen lassen, als Zeuge und Angeklagter bei den Nürnberger Prozessen in Tracht, im Ausseer Steireranzug, aufzutreten, ehe er, für seine Ausrottungsverfügungen die Häftlinge im KZ Mauthausen betreffend, sechsundvierzig zum Tod durch den Strang verurteilt und siebenundvierzig endlich aufgehängt wurde.

Seine geliebte Führerbibliothek aber, sowie alle ins Altausseer Salzbergwerk verbrachten Kunstschätze, wollte er bei Kriegsende noch in die Luft sprengen lassen, einschließlich der so friedlich uns gegenüberliegenden Castiglioni-Villa, damit sie nicht in die Hände des ‚Welt-Judentums' fallen, ein Befehl, dem sich Gott sei Dank einige mutige Grundlseer, Bad Ausseer und Altausseer widersetzt haben, übrigens unter Befürwortung eines anderen Nazi-Oberschergen, des Heydrich-Nachfolgers und Gestapochefs Ernst Kaltenbrunner, der mit diesem Gegenbefehl für sein ungeschorenes Fortkommen nach dem Krieg sorgen wollte, was ihm allerdings nicht gelungen ist. Trotz oder wegen seines ungeheuren Raubgutes wurde er auf einer Hütte beim Wildensee, auch im Toten Gebirge, verhaftet, in Nürnberg verurteilt und hingerichtet.

Ja, und von dort drüben sind dann also die Partituren im Frühjahr fünfundvierzig auf bisher ungeklärte Weise spurlos verschwunden und bis heute nicht mehr aufgetaucht. Alle Versuche, auch seitens der Familie Wagner, sie wiederzufinden, blieben ergebnislos. Als die Amerikaner die Bibliothek im Frühjahr fünfundvierzig sicherstellten, konfiszierten und etwas später aus dem von ihnen in München eingerichteten Art Collection Center nach Washington D.C. abtransportierten, waren sie jedenfalls nicht dabei, heißt es. Du solltest unbedingt etwas essen, das Schnitzel schmeckt ganz ausgezeichnet, wie immer hier!"

Andreas nahm wie automatisch das Zitronenschiffchen vom kleingeblümten Tellerrand, hielt es ein paar Sekunden in seiner Rechten, ehe er es mit seiner Gabel aufspießte und zusammendrückte, bis sein Saft auf das goldbraun panierte, unberührte Stück Fleisch tropfte. Dann legte er beides, übertrieben behutsam, auf den Teller zurück.

„Aber wie kommen bitte die Originalpartituren von ‚Rheingold' und ‚Walküre' in Hitlers Privatbibliothek? Und woher, um Gottes Willen, weißt du das alles?!"

„Kommt noch, kommt noch, nur Geduld! Ob es allerdings Gottes Wille war, dass ich ‚das alles' gestern Abend erfahren habe, muss sich erst herausstellen", antwortete, genüsslich kauend, sein korpulentes Visavis und entnahm der Brusttasche seines dunkelgrauen Leinenjacketts mit großer Geste einen eng beschriebenen Zettel, den er dem fassungslosen Musiker vorlas, jedes Wort mit einer eigenen Bedeutung gewichtend:

„Es handelt sich nämlich nicht nur um ‚Rheingold' und ‚Walküre', da wären noch Kleinigkeiten wie die Partituren der Jugendwerke ‚Rienzi', ‚Die Feen' und ‚Das Liebesverbot', welche dir mehr sagen dürften als mir. Interessanter wird's für mich wieder bei eigenhändigen Abschriften von zwei ‚Götterdämmerungs'-Akten, und für dich bei den Orchesterskizzen zum ‚Fliegenden Holländer' und dem dritten Akt des ‚Siegfried', du gestattest?", und er sang und leise und notengetreu „Heil dir, Sonne! Heil dir, Licht!", die ersten Worte der von Siegfried wachgeküssten Brünnhilde in den leuchtenden Herbstmittag, ehe er einen tiefen Schluck aus seinem Bierglas nahm.

Rothmann sah, an seinen Zitronenfingern leckend, vom Trinkenden zu der von Fichtenschatten umrahmten Villa und zurück zu seinem Freund, dessen gütige Augen seinen Blick schon zu erwarten schienen.

„Das waren halt die einzigen dem großen Herrn Komponisten Richard Wagner möglichen Gegengeschenke an seinen Freund und Gönner, den König Ludwig II. von Bayern; für die Tilgung seiner immensen Schulden, für die Finanzierung seines aufwändigen Lebensstils und letztlich auch für Bayreuth … – Also, wenn du dein Schnitzel nicht isst, lass' ich mir's einpacken für eine Nachmittagsjause!"

„Aber der Judenfreund Ludwig wird ja nicht als Geist bei dem größten Antisemiten aller Zeiten auf dem Berghof überm Königssee erschienen sein, um ihm die Partituren seines falsch verstandenen Idols Wagner zum Geburtstag zu schenken!", erwiderte Andreas enerviert, während er, mit dem Besteck auf dem Teller quietschend, ein Stück von seinem kalt gewordenen Schnitzel schnitt, das er sich wütend in den Mund steckte und zu kauen begann.

„Doch, du wirst lachen, oder vielmehr gar nicht lachen, du wirst weinen, denn König Ludwig war es nicht, es war die deutsche Großindustrie höchstpersönlich, und zwar zu seinem Fünfzigsten! Ob es allerdings auf dem Berghof war, entzieht sich meiner Kenntnis, ich nehme aber an, dass die Übergabe eher in Berlin oder München stattgefunden hat, da der Berghof im Berchtesgadener Land auch am 20. April 1939 noch eingeschneit gewesen sein dürfte."

Rothmann brachte nur ein gedehntes „Wie …" heraus.

„Wie – was? Wie die Krupps, die Thyssens, die Quandts, die Flicks et cetera in den Besitz der Wagnerschätze gelangt sind? Oder was willst du wissen?"

„Das, genau das!"

„Nun, die für ungeheure Rüstungsaufträge zu Dank verpflichteten Vertreter der deutschen Industrie haben nach einem geeigneten Geschenk zu Hitlers fünfzigstem Geburtstag gesucht und wurden bei den Wittelsbachern fündig, die ihnen das unschätzbare Material aus dem Besitz ihres für irrsinnig erklärten Familienmitglieds Ludwig für die auch damals schon beträchtliche Summe von achthunderttausend Reichsmark überlassen haben, das sind heute immerhin mehr als dreieinhalb Millionen Euro!"

„Das ist unglaublich!", wandte Andreas ein und spülte das zähe Schnitzelfleisch mit einem Schluck gespritztem sauren Grünen Veltliner hinunter.

„Ist es auch, aber es war so! Und man kann die Nachkommen des Bayrischen Königshauses bis heute nicht verstehen, warum sie persönliche Geschenke von solch außerordentlichem kulturgeschichtlichem Rang an die Nazis verhökert haben! Sei's drum, sind ja dann auch schlecht genug dafür behandelt worden. Jedenfalls wurden die Hauptwerke des Konvoluts, ‚Das Rheingold' und ‚Die Walküre' prunkvollst neu gebunden und dem Führer zu seinem fünfzigstens Geburtstag feierlich übereignet, der sie, zusammen mit den anderen Wagnerschätzen, überglücklich seiner Privatbibliothek einverleibte. Das Weitere ist klar. Die Bücher Hitlers gelangten 1943 auf Betreiben Eigrubers in das von ihm dafür als Bibliothek präparierte Zwischenlager am Grundlsee, ehe sie, zusammen mit den anderen hier zusammengeführten geraubten Sammlungen als so genannte Führerbibliothek ihrem endgültigen Bestimmungsort, dem gigantischen Museumskomplex in Linz, überantwortet werden sollten. Aber dazu ist es, aus weltgeschichtlich nachvollziehbaren Gründen, nie gekommen. Und eben diese Villa Castiglioni, die du seit Minuten mit deinen Blicken zu röntgen versuchst, war der letzte bekannte Aufenthaltsort deiner beziehungsweise Gottfried Kronsteins geliebter Wagnerpartituren, deren Spur er offenbar aufgenommen hat und um derentwillen er vermutlich auch sterben musste, wie du behauptest."

„Darf's noch was sein, a' Nachspeis', a' Mehlspeis', Kaffee? Weil, die Küche schließt um zwei!", fragte mahnend die Kellnerin in die Stille zwischen den beiden Männern, deren intensive Blicke und Gedanken hinter das Geheimnis der schweigenden Villa am schräg gegenüberliegenden Ufer zu gelangen suchten.

„Ja, wenn's möglich ist, für mich einen ‚Schramml-Kaiserschmarrn' mit Zwetschgenröster, einen Obstler und einen großen Braunen."

„Ist möglich. Und für Sie?", wandte sich die rundliche Frau im Blaudruckdirndl mit sandfarbener Leinenlatzschürze an den geistesabwesenden Musiker.

„Andreas ...!"

„Nichts, danke."

„Vielleicht eine zweite Gabel!", versuchte der Pfarrer den Freund einzuladen.

„Können'S hab'n, aber das werden'S bereuen!", gab sie zurück, nahm seinen leeren Teller auf und watschelte über den knirschenden Kies des Gastgartens zurück zum Wirtshaus. Andreas sah ihr nach, bis sie verschwunden war.

Mit einem leisen, aber gequälten „Sag' mir jetzt bitte, woher du das alles weißt! Bitte!" drehte er sich ins Blickfeld seines Freundes.

„Glück, mein lieber Andreas! Manchmal muss man auch Glück haben! Als du gestern Abend anriefst, hatte ich doch Besuch von meinem Studienkollegen aus Wiener Zeiten, Godehard Palgartner, Tiroler, am Collegium Teutonicum ausgebildeter Priester, mit dem ich ein Semester Pastoraltheologie in Wien hörte, er ist inzwischen schon zum Monsignore avanciert, und hat sich als Wagnerfan geoutet, und das, obwohl er bei der Glaubenskongregation in Rom arbeitet. Aber diese Leute müssen sich eben zwanghaft ein enzyklopädisches Wissen über alles aneignen, womit sie sich beschäftigen, ganz gleich was es ist. Und in seinem Fall ist das, aufgrund seiner mir bis vorgestern Nacht verborgen gewesenen Vorliebe, auch Wagner, Gott sei Dank möchte ich heute sagen, sonst hätte ich dir das alles nicht erzählen können. Den Rest der Nacht habe ich ihm jedenfalls einfach nur zugehört und manchmal mitgeschrieben, atemlos, kann ich dir sagen, und ähnlich fassungslos, wie du jetzt."

Rom

Monsignore Godehard Palgartner verfluchte sich, dass er seinen großen Trolly für die paar Tage Freising, wohin er im Auftrag der Glaubenskongregation für einige unangenehme Erklärungen vor Priesteramtskandidaten in Sachen Wiederzulassung des lateinischen Messritus entsandt worden war, mit Wäsche gepackt hatte, die er gar nicht gebraucht hätte, aber er konnte vor seinem Abflug nicht wissen, dass er seinen Aufenthalt fast überstürzt abbrechen würde.

Jetzt stand er nervös am Ausgabeschacht des Gepäckbandes, teils spöttisch, teils ehrfürchtig wegen seines perfekt sitzenden Priesteranzugs mit schwarzem Hemd und eingearbeitetem weißen Kollar von den Mitreisenden gegrüßt, die sich grüppchenweise in die Ausgabehalle des römischen Flughafens Fiumicino schoben. Nachdem er als einer der ersten seinen Koffer vom Band ziehen konnte, hastete er zum S-Bahnhof, um den nächsten „Leonardo-Express" zur Stazione Termini nicht zu versäumen, von wo aus er stehend in der mit Touristen überfüllten Metrolinie A bis zur Haltestelle Ottaviano fuhr, die gleichnamige Straße hinuntereilte, um über die Piazza del Risorgimento und die Via di Porta Angelica zu der kleinen Via Rusticucci zu gelangen, seinen schweren Koffer tragend, mehrmals die Seite wechselnd, weil ihm das Rollgeräusch des Trollys auf dem unebenen Pflaster zuwider war. Auf sein Läuten fragte ihn eine weibliche Stimme nach seinem Namen, den er sofort mit einem Gruß nannte, worauf sich die hohe Eingangstüre des sich über die ganze Länge der schmalen Straße erstreckenden fünfstöckigen Wohnblocks an der Ecke der Piazza Pio XII, unmittelbar vor den Kolonnaden des Vatikans, öffnete. Im Lift in den dritten Stock versuchte er seinen Atem zu beruhigen, um die Ordensschwester in der Tracht der englischen Fräulein, die ihn schon in der geöffneten Türe mit einem „Gelobt sei Jesus Christus, Monsignore Godehard“ erwartete, nicht zu verschrecken.

„In Ewigkeit Amen, Schwester Patricia.“ Er nahm ihre knochige Hand, die ihn in diese größte Wohnung der Etage fast zu ziehen schien. Die Lautlosigkeit des großen, von vier dunkel furnierten geschlossenen Türen gegliederten Vorraums, die ihn sofort umgab, nachdem die dunkelrot gepolsterte fünfte des Eingangs von der Schwester zugezogen worden war, verwunderte ihn wie bei jedem seiner Besuche, ebenso die Selbstverständlichkeit mit der ihm die Ordensfrau seinen Koffer aus der Hand nahm, unhörbar auf den weichen bordeauxroten Teppichboden stellte, dann in die Tiefe der Wohnung wies, wo sich auch eine kleine Kapelle befand, aus der er das von einer dünnen, aber bestimmten Männerstimme leise vorgesprochene Angelus-Gebet ausmachte, „et verbum caro factum est et habitavit in nobis“, *und das Wort ist Fleisch geworden, und hat unter uns gewohnt ...*, das von zarten Frauenstimmen litaneiartig mit dem „Ave Maria, gratia plena ...“ beantwortet wurde.

„Es war gut, dass Sie uns verständigt haben, Monsignore, so konnte sich Seine Eminenz darauf freuen, seinen kleinen Mittagsimbiss gemeinsam mit Ihnen einzunehmen.“

Palgartner deutete eine Verbeugung an, die die hagere Schwester mit einem Lächeln entgegennahm, um ihn mit einer vorsichtigen Berührung seines Armes leicht in Richtung der linken Flurtüre zu drehen, worauf der Priester das Lächeln erwiderte und die Einladung, sich die Hände zu waschen, annahm.

Als er das Speisezimmer betrat, empfing ihn der emeritierte greise Kurienkardinal, der schon von einer der drei Schwestern an den Esstisch geschoben worden war, mit dem Heben seiner wie von El Greco gemalten, unsäglich feingliedrigen Hand, die Palgartner ergriff, um den Ring dieser vor ihm sitzenden Wiedergeburt eines von dem großen spanischen Maler verewigten, fast zum Skelett vergeistigten, hoch aufragenden, nun an den Rollstuhl gefesselten Gestalt des Kirchenfürsten, das rechte Knie beugend, zu küssen.

„Gelobt sei Jesus Christus!"

„In Ewigkeit, Amen! Nimm Platz, mein lieber Godehard! Was führt dich so schnell wieder zu mir? Doch hoffentlich nicht deine Mission in Freising?"

Indessen war eine klare Hühnersuppe mit einer Pastaeinlage in Sternchenform gebracht worden, die Schwester Patricia aus einer weißen Porzellanschüssel in die auf ihrem Boden mit dem Kardinalswappen Klingers bemalten Suppenteller schöpfte und inne hielt, bis der Greis „Herr segne diese Gaben, die wir von deiner Hand empfangen haben", gesprochen, den weiß gedeckten Tisch gesegnet und seine Serviette genommen hatte.

„Amen", antworteten beide, „Guten Appetit, du wirst von der Reise hungrig sein", wünschte der Kardinal,

„Danke, gesegnete Mahlzeit, Eminenz", sagte der Priester und griff nach dem gefüllten Wasserglas, während die Schwester den Raum verließ.

„Es ist nicht meine Freisinger Mission, Eminenz, die mich so schnell wieder zu Ihnen führt, es geht um die ‚Anima'."

„Wieder einmal um die Anima, dein geliebtes und, wie ich hoffe, nicht doch gehasstes Priesterkollegium, das du mit vorbildlichem Fleiß durchlaufen und mit Bravour abgeschlossen hast. Bedenke, ohne die gelobte ‚Santa Maria dell' Anima' hätte sich vermutlich das Tor zum ‚Heiligen Offizium' für dich nicht aufgetan!"

„Ich bin mir dessen ganz und gar bewusst, Eminenz! Und gerade deshalb scheine ich immer wieder darauf zurückkommen zu müssen, erst gestern Abend wurde ich wieder förmlich darauf gestoßen! Es ist wie ein Fluch, der mich seit meiner Studienzeit verfolgt, von dem Moment an, als mir der unheilige Zusammenklang unseres ehrwürdigen Namens mit dem Wirken eines unserer Rektoren während der Zeit des Nationalsozialismus schmerzlich klar wurde."

„Du sprichst wiederum von Bischof Hudal …"

„Ja, von dem unseligen Bischof Hudal, der von 1923 bis 1952, also auch noch nach fünfundvierzig, ganze neunundzwanzig Jahre lang Rektor unseres ‚Deutschen Kollegs der heiligen Gottesmutter Maria von der armen Seele' war!"

Palgartner glaubte plötzlich, den Johannesfinger des Leonardo da Vinci zu sehen, der sich an die Lippen des Kirchenfürsten legte, als sich hinter ihm die doppelflügelige Türe fast unhörbar öffnete und zwei Schwestern einließ, von denen die eine die Suppenteller entfernte, während die andere auf großen, flachen Tellern zart angebratene Fischfilets mit sautiertem Gemüse und Rosmarinkartoffeln in dünnen Scheiben servierte.

„Wie sinnig, heute gibt es Sankt Petersfisch, vermutlich dir zu Ehren anlässlich deiner Rückkehr nach Rom! Thank you, Sister Rachel! Du musst wissen, Sister Rachel ist erst letzten Sonntag aus Michigan zu uns gekommen, sodass wir jetzt eigentlich ein Gospelquartett aufmachen könnten. Ach, was täte ich ohne meine amerikanischen Schwestern!"

„Thank your Eminenz! Would you prefer a glass of white wine with the fish, Eminenz?", fragte Schwester Patricia mit einem kaum merklichen Lächeln auf den schmalen Lippen.

Mit der gütigen Anweisung des Kardinals „Zur Feier des Tages, Schwester Patricia, ein Glas von dem Friulanischen als nachbarlichen Gruß an unseren tirolerischen Monsignore", verschwand Schwester Rachel knicksend und wie durch Zauberei stand eine dritte Schwester hinter dem Kardinal, um zuerst diesem, dann Palgartner einzuschenken.

„Salute, mein lieber Godehard!"

„Auf Euer Wohl, Eminenz!"

„Aber das weißt du doch alles längst, Godehard! Meinst du nicht, du solltest dieses dunkle Kapitel deines Kollegs langsam vergessen?"

„Ich darf es offenbar nicht vergessen Eminenz, weil ich immer wieder damit konfrontiert werde, wie zuletzt gestern Abend bei einem Studienkollegen meines Wiener Pastoralsemesters, jetzt Pfarrer in Niederbayern, den ein befreundeter Musiker in seiner Not um Rat bat, was mit einem Bekannten zu geschehen habe, der ermordet worden sei, weil er daran war, das Rätsel um die 1945 aus der so genannten Führerbibliothek in Grundlsee verschwundenen Wagnerpartituren zu lösen. Und genau diese Geschichte spukt noch immer in unserem Kolleg herum. Ich erinnere mich noch genau, wie bestürzt ich war, als mir ein Absolvent der Anima, ein pensionierter Kärntner Weihbischof, bei einem Ehemaligentreffen kurz vor seinem Tod erzählt hat, dass er als junger Priester mehrmals erlebt hat, wie sich Rektor Hudal mit der Partitur der ‚Walküre' gebrüstet habe, ja, dass er sie sogar einmal in Händen halten durfte, weil er ein so großer Wagnerverehrer war!"

„Die Werke Wagners haben meines Erachtens nicht das Geringste in den Händen eines römisch-katholischen Bischofs zu suchen!"

„Aber sie waren da, Eminenz, oder, was viel schlimmer ist, sie sind noch da, irgendwo im Collegio Teutonico! Eine grauenhafte Vorstellung! Die Frage ist nur, wie ausgerechnet der nationalsozialistisch gesonnene Hudal in den Besitz dieser gestohlenen Partituren kam?"

„Du solltest zumindest deinen Fisch essen, ehe er gänzlich erkaltet, Godehard, und mit einem Schluck Wein die nötige Achtung vor einem Bischof der Heiligen Kirche wiedererlangen!"

„Die nötige Achtung! Heilige Kirche! Eminenz, ich …"

Das Fischbesteck klirrte auf den knochenweißen Porzellanteller des Kardinals.

„Du - - - wirst dich jetzt in Demut mäßigen, augenblicklich! – Danke, Schwester Patricia, ich werde läuten, wenn wir fertig sind!“

Palgartner wagte weder, sich umzusehen, als die Türe hinter ihm hörbar in ihr Schloss gezogen wurde, noch seinen Blick zu dem ihm gegenüber thronenden Kirchenfürsten zu heben.

„In … aller Demut … bitte ich, mir zu helfen, Eminenz. Ihr beschenktet mich in Eurer Güte mit der unverdienten Gnade, mich als Euer Beichtkind anzunehmen; an wen, wenn nicht an Euch, soll ich mich wenden?“

Vom nahen Petersplatz wehten aus hunderten jungen Kehlen hysterische „Benedetto! Benedetto!“-Rufe durch die hohen geschlossenen Fenster des Speisezimmers.

„Die Wege Gottes sind für die Menschen immer unerforschlich und werden es bis in alle Ewigkeit bleiben. Und wen der Allmächtige zu seinem Werkzeug ausersieht, den haben wir in Demut gewähren zu lassen, auch wenn unser kleines Ich dem göttlichen Ratschluss nicht zu folgen vermag. Wer sind wir, dass wir uns anmaßen, den Heilsplan des Schöpfers der Welt auch nur erahnen zu können! In solch eine bedingungslose Ergebenheit fasste sich auch sein erster Diener, sein Stellvertreter auf Erden, seine Heiligkeit Papst Pius XII., als er gewahr wurde, welcher Plan sich im Handeln seines Dieners, des Hirten Alois Hudal, zu offenbaren begann. Mysterium Fidei! – Unergründliches Geheimnis des Glaubens! Als seine Heiligkeit, die auch meine Wenigkeit eines kleinen

Lehrers am Benediktinergymnasium des Klosters Altenreuth an der niederbayrischen Donau nach der Schließung der Schule durch die Nationalsozialisten im Jahre 1939 in die ewige Stadt beschied, um mich mit dem Lehramt für Dogmatik an der Hochschule unseres Ordens, Sant' Anselmo am Fuße des Aventin, zu betrauen, da konnte noch niemand ahnen, mit welch einer schweren Zeit der Versuchungen unser Herr seine Heilige Kirche prüfen wollte, da das dunkle Wirken des Antichristen in seiner totalen Entfaltung zum damaligen Zeitpunkt noch nicht zu erkennen war. Unserem Bruder in Christo, Alois, war diese Erkenntnis bis an sein Lebensende verwehrt, weil Gott ihn zu anderem bestimmt hatte, nämlich zum Brückenbauer zu jenen, die dem heiligen Leib der Kirche an seinen Gliedern Schaden zufügen wollten, indem sie ihrem Gott abschworen und seine heiligen Gebote mit Füßen traten; zum Wegbereiter für diejenigen unter ihnen, die umkehren wollten, die sich auf den beschwerlichen Pfad der Reue begaben, um den langen Weg zurückzufinden in den Schoß der Heiligen Kirche."

Godehard war es unmöglich, auch nur irgend etwas von den vor ihm liegenden Speisen zu sich zu nehmen, er schob das Stück des Petersfisches gegen die Fenchel-, Melanzani- und Karottenscheiben am Rand des Tellers, um es unter diesen vor dem Kardinal und seinen Schwestern zu verstecken. Da tauchte unter einer Olivenölschliere die schwarze Madonna von Altötting aus blauem Grund empor, das in der Tellermitte eingebrannte Wappen des Kirchenfürsten, bekrönt und überwölbt vom breitkrempigen

Hut der Kardinäle, der an das goldene Doppelkreuz der Metropoliten geheftete Himmelsschild umschlungen, gefesselt von purpurroten Kordeln, in dreißig Knoten endend, fünfzehn in aufgerichteter Dreiecksform zu jeder Seite, die das Frauenbild wie Kerkergitter bedrängten, darunter in lateinischen Versalien der Wahlspruch CONGREGAT NOS IN UNUM CHRISTI AMOR. Er sah auf; die von extrem weit dimensionierten Brillengläsern vergrößerten Raubvogelaugen des Kardinals schienen ihn beobachtet, seine Gedanken gelesen zu haben.

„Ja, mein lieber Godehard, es ist so, uns vereint die Liebe Christi!"

„Von – nun an – bis – in – Ewigkeit?", setzte der Monsignore Wort für Wort in die Geste des Kardinals, der mit Daumen, Zeige- und Mittelfinger seiner schmalen weißen, kaum von Altersflecken durchsetzten, beringten Hand das Weinglas in Godehards Richtung hob.

„Et nunc et semper et in saecula saeculorum, Godehard!"

"Amen!", lächelte Palgartner dankbar zurück und trank einen Schluck des friulanischen Weißweins aus dem ebenfalls mit dem Gnadenbild von Altötting gravierten Kristallglas.

„Wie aber, Eminenz, konnten die Abtrünnigen von dem episkopalen Brückenbauer in Rom wissen, der ihnen die Möglichkeit einer Rückkehr in den Schoß der Heiligen Kirche eröffnete?", wagte der noch immer jugendlich aussehende Vierzigjährige das Gespräch mit dem Greis fortzusetzen.

„Bischof Hudal hat aus seinem Denken nie ein Geheimnis gemacht. ‚Vom Deutschen Schaffen in Rom' heißt eine seiner zahlreichen Veröffentlichungen, die er mir wie eine Beschwörung, meine deutschen Wurzeln nicht zu vergessen, zum Beginn meines Theologiestudiums am päpstlichen ‚Athenänum' von Sant' Anselmo im Jahre 1933 übergeben und mit persönlichen, mich damals sehr bewegenden Worten gewidmet hat. So du es sehen willst, kann ich Schwester Patricia bitten, es von nebenan aus der Bibliothek zu bringen."

Palgartner versuchte mit einem Kopfschütteln dankend abzulehnen.

„Die Reuigen in ihrer Not wussten also um ihn, und so suchten sie ihn, auch unter der Gefahr, als Verfolgte aufgegriffen zu werden, und fanden ihn schließlich hier in der Ewigen Stadt. Als er dessen gewahr wurde, erkannte er den Heilsplan, zu dessen Vollstrecker ihn der Allmächtige bestimmt hatte. Er begriff sich als Wiedertäufer für hunderte, ja tausende von verirrten Seelen, die durch ihre nationalsozialistische Verblendung schwere Schuld auf sich geladen und zu Handlangern des Bösen hatten machen lassen.

Mir eröffnete er einmal, dass er fast die Sünde des Neides um meinen Orden zu bekennen hätte, der mich mit dem Namen ‚Gregor' in den Armen des heiligen Benedikt wiedergeboren hat. Als Mönch würde er den Namen ‚Johannes', aber nicht den des Lieblingsjüngers des Herrn, sondern den des Täufers erbitten wollen, so glühend war er von seiner Mission erfüllt, den reuigen Sündern das Sakrament der Taufe erneut zu spenden; und so scheute er keine Mühe, auch meine Mitbrüder in Spiritu Benedictu an ihre vornehmste Pflicht zu gemahnen, Zufluchtsort aller Bedrängten zu sein, und so öffneten sich schließlich die Pforten der Monasterien von Tirol und Südtirol, von Parma und Florenz, um die Flüchtigen der Verfolgung durch weltliche Mächte zu entziehen und sicher nach Rom zu geleiten, wo er sie empfing und sich ihrer in selbstloser Weise annahm, indem er sie vor allem in deinem Kollegium, der Anima, vor einem blindwütigen Zugriff zu bewahren trachtete, was ihm auch gelang, unter der tatkräftigen Mithilfe auch zahlreicher anderer Klöster und Institutionen unseres Glaubens. Wir alle waren davon beflügelt, diese verirrten Schafe der Weide des Glaubens wieder teilhaftig werden zu lassen. Selbst der heilige Vater sah mit stillem Wohlwollen diesem Wehen des heiligen Geistes in den Reihen seiner Kirche zu, obgleich er doch zuvor, in den Zeiten des Krieges, den unglückseligen Opfern jener Verfolgten, den Abkömmlingen des ehedem auserwählten Volkes der Juden in selbstloser Weise Schutz unter seinem weitem Mantel gewährte, bis sich eine Rettungsmöglichkeit durch Flucht auftat. Desgleichen unternahm nun auch unser Bruder Alois, indem er die verfolgten Verfolger langmütig in unseren Glaubensdingen unterwies, um die Echtheit ihrer Umkehr und Reue zu erproben, ehe er ihnen das heilige Sakrament der Taufe aufs Neue angedeihen ließ, um sie als neugeborene Kinder Gottes, mit neuen Namen, die sie nicht mehr an ihre unheilvolle Vergangenheit erinnern sollten, in die Freiheit zu entlassen, die ihnen die uns treu verbundene mildtätige Organisation des Roten Kreuzes mit den ersehnten Visa in die Länder Lateinamerikas, die zwar spät, aber doch, leider erst seit dem Anbruch der Neuzeit zu den Beglückten der Frohbotschaft zählen, eröffnete, nicht ohne die bekehrten Getauften für den nunmehr heraufdämmernden opfervollen Kampf gegen den wahren und größten Dämon der Menschheit gerüstet zu haben, die Hydra des Marxismus mit ihrem Gorgonenhaupt des Kommunismus."

Palgartner erschrak vor dem schwarzen Schatten, den er plötzlich an seiner Herzseite vorübergleiten fühlte.

„Eure Eminenz, Monsignore, einen Digestivo, Caffè?" hörte er die Stimme Schwester Patricias fragen. „Oggi a pranzo abbiamo Profiteroles al cioccolato!"

„Grazie, è molto premurosa, Suor Patricia! Sì, naturalmente li prendiamo! Ma il digestivo solo per il Monsignore, per piacere!"

„Molto volentieri, Eminenza!" Die Nonne verschwand, wieder hörte Godehard kein Geräusch einer sich schließenden Tür.

„Und sagen Sie bitte Schwester Rachel, sie möge uns doch bitte aus der Bibliothek das Buch ‚Vom Deutschen Schaffen in Rom' von Bischof Alois Hudal hereinbringen; Schwester Mary wird ihr bei der Gelegenheit zeigen, wo es eingeordnet ist."

In die Stille des Esszimmers drangen erneut „Benedetto! Benedetto!"-Rufe, die durch rhythmisches Klatschen an Lautstärke zunahmen.

„Ein wenig könnte auch die größte Begeisterung Rücksicht auf die wohlverdiente Mittagsruhe des Heiligen Vaters nehmen!"

„Ein wenig sollte nun auch ich Rücksicht auf die wohlverdiente Mittagsruhe Eurer Eminenz nehmen", wollte Godehard die Unterweisung des Kardinals beenden, um sie für sich verarbeiten zu können, denn was er soeben erfahren hatte, übertraf alles, worüber er sich bislang Kenntnisse verschaffen konnte.

„Aber nein, mein Lieber, du wirst doch unsere berühmten Profiteroles nicht verschmähen, das würde dir Schwester Martha nie verzeihen! – Sieh nur, da kommt auch schon die Schrift!"

Durch die Mitteltüre wand sich Schwester Rachel, platzierte mit einem gehauchten „Bitte sehr, Eminenz" sorgsam das Buch neben die wie eine weiße Taube mit geöffneten Flügeln auf dem Tisch liegende Damastserviette des Kirchenfürsten und wich dann, mit kleinen Schritten rückwärts gehend, zurück, um durch den Türspalt zu verschwinden.

Als die Benedetto-Rufe vom Petersplatz in einem lang anhaltenden Applaus aufgingen, wandte der Priester, langsam Wort für Wort setzend, ein, dass es sich bei solcher Art Bekehrten doch ausnahmslos um gesuchte Kriegsverbrecher, meist SS-Angehörige, um Maschinisten der Todesfabrik, wie Eichmann oder Mengele, gehandelt habe, denen da mit neuen Identitäten zur Flucht vor der gerechten Strafe verholfen worden sei.

„Richtet nicht, auf dass ihr nicht gerichtet werdet!", flüsterte der Kardinal.

Godehard beugte sich vor, um besser verstehen zu können, vermochte aber den Blick nicht von der linken Hand des Kardinals zu lassen, deren Finger das leinengebundene Buch öffneten und die Seiten aufblätterten wie eine lauernde Spinne auf der Suche nach geeigneter Beute.

„In jedem Fall waren es Sünder, das meint, von Gott Ab-gesonderte, denn das Wort ‚Sünde' kommt von dem Wort ‚ab-sondern', und ‚im Zustand der Sünde sein' bedeutet, dass sich der Sünder im ‚Zustand der Ab-sonderung' befindet, aus dem er zurückgeführt werden muss! Muss ich dir wirklich das Gleichnis vom Guten Hirten ins Gedächnis rufen, Godehard, dass du erinnerst, wie der Auftrag aller Pastores, aller Hirten, also auch der deine, lautet? Hast du vergessen, dass im Himmel über einen reuigen Sünder mehr Freude herrscht als über neunundneunzig Gerechte?"

„Ich habe es nicht vergessen, Eminenz, aber ..."

„Aber jetzt genießen wir Schwester Marthas köstliche Profiteroles, um die uns der halbe Vatikan beneidet, nicht wahr Schwester Martha?"

Die kleine, rundliche, etwa sechzigjährige Nonne errötete verlegen lächelnd und vergaß dabei, die Dessertteller mit den von Schlagoberskränzen umgebenen, goldbraunen, nach Schokolade duftenden Teigbällchen vor den Kardinal und seinen Gast zu stellen, was Schwester Patricia erledigte, nachdem sie Digestiv und Kaffee, Zucker und frisches Wasser verteilt hatte.

„Omnis ad maiorem Dei gloriae", bedankte sich Schwester Martha für das empfangene Kompliment in einer Godehard amüsierenden amerikanischen Aussprache, worauf sie von Schwester Patricia sanft aus dem Raum gezogen wurde.

In der rechten Hand des Kardinals lag die silberne Dessertgabel wie das Marterwerkzeug eines Heiligen, der sich aufgerichtet hatte, um eine wichtige Stelle in der Bibel, die er nach langem Suchen endlich gefunden hatte, besser überblicken zu können.

„‚Die Stärke der Kirche liegt in ihren Grundsätzen. In Zeiten des Kampfes retten keine Kompromisse. Nur der scharfe Schnitt. Nur der Wille zum Eigenen, nur die rücksichtslose Energie zum eigenen Sieg.' In diesem seinem Geist vertraue ich dir ein Geheimnis, das ewig zwischen uns beschlossen bleiben muss, auf dass dein Geist, von dieser Sache befreit, sich endlich wieder seiner Bestimmung widmen kann, nämlich, die Glaubens- und Sittenlehre in der ganzen Katholischen Kirche zu fördern und zu schützen, wie der heilige Vater Johannes Paul II. die allumfassende Aufgabe des heiligen Offiziums, unserer Glaubenskongregation, definiert hat, auf dass die Ehre der Heiligen Mutter der Kirche niemals befleckt werde. Darf ich dich bitten, zu mir zu kommen, Godehard!"

Seine Hände umfassten die silbrig glänzenden Drehräder, mit Hilfe derer er seinen Rollstuhl vom Tisch wegbewegte, sodass dieser wie durch Zufall im steil einfallenden Nachmittagslicht verhielt.

„Knie nieder, Godehard!" Palgartner tat, wie ihm befohlen.

„Umfasse den Erlöser auf meiner Brust!" Der Monsignore umschloss das rotgoldene Brustkreuz des Kirchenfürsten, starrte auf die purpurrot überzogenen Knöpfe der Kardinalssutane, fühlte wie dessen kühler rechter

Handteller seine Stirne berührte und sich die langen Finger wie Langustenbeine in seine Haare schoben.

„Bischof Hudal hat die sündige Partitur von Richard Wagners ‚Walküre', die ihm von einem der verirrten Schafe als Opfergabe und Zeichen der Reue dargebracht worden war, den Flammen übergeben, um die Makel des Inzestes und der Blutschande aus dem erhabenen, jahrtausendealten, reinen Gewebe der deutschen Kunst zu tilgen!"

Salzburg

Der in dieser Jahreszeit übliche Föhn schien die mächtig aufgeworfene Welle des Untersbergs direkt hinter dem Würfelstapel des Krematoriums auf dem Salzburger Kommunalfriedhof aufzustauen, zitternd, umhüllt von ockerfarbenem Licht, mit einer Gischtkrone aus erstem Schnee, Septemberschnee, verhielt sie vor einem stahlblauen Herbsthimmel, als wollte sie den Worten des Priesters an dem einfachen Fichtensarg Gottfried Kronsteins einen größeren als diesen sonnendurchfluteten, dreiseitig mit quadratisch gerasterten Fensterwänden umgebenen Raum lassen, ehe sie vielleicht, nach einer kleinen Ewigkeit, diese Aufbahrungshalle im Bauhausstil niederstürzend unter sich begrub.

„Sein Geheimnis war seine Liebe, zu den Menschen wie zu den Dingen des Lebens, als da sind: die Wanderungen durch die Berge, in denen er durch einen tragischen Unfall seinen viel zu frühen Tod fand, vor allem aber die Musik, deren Spur er durch die ganze Welt zu verfolgen schien, ein Wanderer auch dort ...", hörte Andreas den Freund sagen, während seine Gedanken abschweiften, hinaus zu jenem sagenumwobenen Berg, der sich, nur ein paar Kilometer weiter, direkt und ohne Übergang aus der weiten Ebene des Salzburger Tales fast zweitausend Meter hoch emportürmte, an seinen Fundamenten umgeben von ehemaligen Bauerndörfern, deren eines Anif hieß und der Wohnort jenes Mannes war, der in den ausgehenden Sechzigerjahren des vorigen Jahrhunderts im Rahmen der von ihm gegründeten Osterfestspiele sowohl jenen „Ring des Nibelungen“ initiierte, von dem Andreas ein Szenenfoto als Ansichtskarte in Kronsteins Nachlass fand, als auch, viel später, entscheidend mit dazu beitrug, dass er als Solo-Oboist bei den Berliner Philharmonikern aufgenommen wurde.

„Winterstürme wichen
dem Wonnemond
in mildem Lichte leuchtet der Lenz;
auf linden Lüften leicht und lieblich,
Wunder webend er sich wiegt;
durch Wald und Auen weht sein Atem,
weit geöffnet lacht sein Aug'.“

In seinem Kopf hatte sich die unendlich zarte, die Geschwisterszene aus dem ersten Akt der „Walküre“ amalgierende Kantilene seines Instruments in einer Endlosschleife festgesetzt, die dort blieb, auch als er, wie durch einen Schleier, *gewoben aus Liebe beschwörenden Gedankenfäden*, wahrnahm, dass sich in der einzigen gemauerten Wand des Todesateliers eiserne Schiebetüren geöffnet hatten, hinter denen, wie von Zauberhand gezogen, der Sarg Gottfried Kronsteins in der über achthundert Grad heißen Schamottbühne verschwand, ehe sich der undurchlässige Stahlvorhang vor dessen Leben zum ersten und letzten Mal schloss.

Er sah die Mutter seiner Gastgeber, Cornelia Zisk, die erst während der Zeremonie das Krematorium betreten haben musste, auf Pfarrer Perner zugehen und dankbar dessen Hand schütteln, während sie einige Worte mit ihm wechselte, worauf sie sich zu ihm wandten.

„Sie können sich gar nicht vorstellen, wie dankbar wir alle Ihnen sind, dass Sie sich so selbstlos und verantwortungsvoll um alles gekümmert, und zusammen mit unserem Freund Josef alles so umsichtig organisiert haben. Nicht auszudenken, was auf uns alle zugekommen wäre, hätten Sie ihn nicht verständigt! Wir hätten wirklich nicht gewusst, was wir hätten tun sollen!"

Andreas war ein wenig erstaunt, wie elegant die alte Dame, die er vom Grundlsee her nur im Dirndl in Erinnerung hatte, in ihrem schiefergrauen Kostüm vor ihm stand, ihn wie immer freundlich anlächelte und seine Rechte mit beiden behandschuhten Händen umschlossen hielt.

„Aber lassen Sie uns bitte nicht so auseinandergehen. Machen Sie mir die Freude, Sie beide noch zum Essen einladen zu dürfen, Josef hat gemeint, der Garten beim ‚Krimplstätter' wäre genau das richtige für einen so ungewöhnlich warmen Herbsttag, und dann muss er ja auch noch auf die Urne des armen Gottfried warten."

Rom

Godehard Palgartner hatte geduscht, für einen Moment war er von der warmen Nachmittagssonne geblendet, als er in seinem dunkelgrauen Frotteebademantel den schmalen Dachbalkon seiner kleinen Dreizimmerwohnung gegenüber dem im Schatten liegenden Palazzo Pamphili betrat. Die Geräusche der Piazza Navona wogten wie eine Brandung zu ihm herauf, unvermindert, gleichgültig um welche Tages- oder Jahreszeit es sich handelte, und selbst nachts kannte er nur eine knappe Stunde der Ruhe zwischen drei und vier Uhr morgens, und auch die war fast immer von einem Ruf, einem Schrei, einem startenden Moped oder dem Todeslaut eines von einem Marder angefallenen Tieres gestört. Die Goldkugel des Obelisken aus dem Circus Maxentius leuchtete noch über Berninis Statuengetümmel der Fontana dei Quattro Fiumi, deren protzende Männerkörper ihm heute besonders brutal und unsensibel erschienen, obwohl sie sich nur noch schwach aus dem Schatten herauswanden.

Ein Papst, dessen Wappen die Friedenstaube mit dem Ölzweig war, lässt sich einen Brunnen anlegen, auf dessen Felseninsel die allegorischen Gestalten der vier größten damals bekannten Flüsse, Donau, Ganges, Nil und Rio de la Plata verbannt sind … Die gefangenen Giganten unterwerfen sich dem Papsttum, dessen Herrschaft auch über die lebensspendenden Ströme von vier Kontinenten gebietet; aber die Blicke der Riesen sind vom jahrhundertelangen, immer gleichen Treiben der Menschen um sie herum leer geworden, einer verhüllt seinen monströsen Kopf; zu viel der Kirchen, zu viel der Pracht … Oder soll die Taube den Geist Gottes bedeuten, der Innozenz X. den Lorbeer des Ruhmes mit dem Schnabel zu Füßen legt …

Palgartner erschrak über diese Gedanken, die er so noch nie gedacht hatte, aber seit der Unterredung mit dem greisen Kirchenfürsten schienen die Assoziationsketten in seinem Kopf mit dem Gift des Zweifels durchsetzt, er sah über den Platz, als könnte er hinter dem Palazzo de Cupis die Santa Maria dell'Anima sehen; er weigerte sich zu glauben, was ihm der Kardinal unter dem Kreuzesschwur der Verschwiegenheit eröffnet hatte; nach allem, was er vor zwei Stunden über das ihm unfassbare Wirken des Bischof Hudal erfahren hatte, war es ihm unvorstellbar, dass jener Rektor des Collegium Teutonicum, Alois Hudal, dessen nationalsozialistischen Fanatismus er aufgrund seiner Schriften und vieler Berichte für erwiesen annehmen musste, der vor den jungen Priestern der Anima damit geprahlt hatte, im Besitz der Walkürenpartitur zu sein, was ihm Weihbischof Genter kurz vor seinem Tod erzählt, nein, gebeichtet hatte, ihm, dem so viel jüngeren Priester, als hätte er sich damit einer schuldhaften Mitwisserschaft entschlagen wollen; und hätte er je daran gezweifelt, jetzt war er felsenfest davon überzeugt, dass Bischof Hudal die Wagnerpartitur nicht verbrannt hatte, *sie war noch da, irgendwo da drüben in der Anima,* seinem ehemaligen Priesterkolleg.

Aber dann musste er sie finden, *dann musste sie dort weg! Ihre Spur war längst aufgenommen,* wie er am gestrigen Abend bei seinem Studienkollegen Josef Perner erfahren hatte, *und der Mensch auf dieser Spur war ermordet worden, von wem? Wer wollte verhindern, dass diese Partitur gefunden wurde? Wer wollte verhindern, dass diese Partitur von Gottfried Kronstein, so hieß doch der Ermordete, gefunden wurde? Wer auch immer er war, dieser Mörder wollte selbst in den Besitz der Partitur gelangen, sonst hätte er die Tat nicht begangen! Irgendwo da unten gab es einen Bluthund, der Witterung aufgenommen hatte und heute oder morgen an den Pforten der Anima anschlagen würde! Das musste verhindert werden! Der Skandal, dass ein Bischof der Katholischen Kirche, ja, dass die Katholische Kirche selbst in einen Kunstdiebstahl solchen Ausmaßes verwickelt war, dass sie quasi zum Hehler eines solchen Diebstahles geworden war, indem sie das Diebesgut als Preis für die neue Identität eines Kriegsverbrechers akzeptierte, dieser Skandal durfte nie und nimmer ans Licht der Öffentlichkeit gelangen, auch wenn seither vierundsechzig Jahre vergangen waren!*

Andreas konnte nicht umhin, während des Essens immer wieder in das aufgequollene Zwergengesicht zu starren, das von einer übervollen Weinbutte niedergehalten wurde. Der höhnisch wissende Blick des Gnomen schien ihn zu fixieren und wegen der sich in seinem Kopf übereinanderschichtenden Bilder von der Einäscherung Kronsteins war es ihm kaum möglich, dem belanglosen Gespräch zu folgen, bis er Cornelia Zisk ausrufen hörte: „Nein, erst in Portugal, im Juni, und da nur zwei Mal! Und dann bei uns am Grundlsee, etwa fünf Tage vor unserem Fest. Er kam ein paar Mal zum Schwimmen, blieb vielleicht einmal zum Kaffee, einmal zum Abendessen und kam dann zum Fest wieder. Meine schon in Portugal ausgesprochene Einladung, bei uns zu wohnen, hatte er, höflich wie er war, abgelehnt, er wollte durchaus in seinem kleinen gemieteten Zimmer in Gößl bleiben. Mein Gott, und dann das!"

„Aber in Portugal, wen hat er da besucht, Cornelia, wenn ich das fragen darf", hakte der Pfarrer nach, während er das letzte Stück seines Tafelspitzes durch die Schnittlauchsauce bewegte, um ihm den am Tellerrand verbliebenen Apfelkren aufzuhäufen.

„Natürlich darfst du fragen, Josef, ich frag mich das ja selbst immer wieder! Er hat eine Bekannte von mir besucht, heute fast schon eine Freundin, die ich vor etwa drei Jahren an der Algarve zufällig kennengelernt habe; alte Damen eben, die sich auf einem der zahllosen Golfplätze dort herumtreiben, du verstehst! Wobei sie gar nicht Golf gespielt hat, sie wollte sich nur die spektakuläre, neu eröffnete Anlage über den Klippen der Praia Falesia anschauen. Man kommt ins Gespräch, besucht einander, befreundet sich. Sie stammt aus Graz, ist sicher um einiges, vielleicht fünfzehn Jahre, älter als ich, was man ihr aber nicht ansieht, und lebt, das ganze Jahr über, obwohl sie in Wien noch eine Wohnung besitzt, in einem unglaublich schönen alten Haus auf der Esplanade von Albufeira, allein, denn ihr Mann, Portugiese, muss schon vor zig Jahren gestorben sein. Das heißt, nicht ganz, eine portugiesische Haushälterin in meinem Alter, die erstaunlich gut Deutsch spricht, lebt bei ihr, und, ja, sie scheint sonst niemanden mehr zu haben als ihre Enkelin, die am Salzburger Mozarteum arbeitet und sie so oft wie möglich besucht, wie sie mir, sehr froh darüber, versichert hat. Im Juni, als auch Gottfried dort war, habe ich sie kennengelernt, die Doutora Mafalda, wie sie in ganz Albufeira ehrfürchtig genannt wird, weil Ana, der gute Geist des Hauses, voll Stolz dafür sorgt, dass sich Mafaldas Promotion in Musikwissenschaft an der Wiener Universität überall herumspricht. Sie hat übrigens auch bei Ihrem Konzert bei uns am Grundlsee vorbeigeschaut, Andreas, sozusagen in Vertretung ihrer Großmutter, haben Sie sie nicht gesehen?"

„Wen?"

„Na, Mafalda Oliveira, die wirklich so gut aussieht, dass sie eigentlich gar nicht zu übersehen ist."

„Bei hundert Gästen! Aber worüber haben Sie miteinander gesprochen, in Portugal meine ich, Frau Zisk? Warum war er dort? Hatten Sie den Eindruck, dass sich Frau …"

„Oliveira, Teresa Maria Oliveira, sie heißt wie ihre Enkelin, besser, ihre Enkelin heißt wie sie, weil ihre Mutter, die schrecklicherweise vorletztes Jahr an Krebs gestorben ist, nie geheiratet hat; Mafalda ist also ein uneheliches Kind, worüber sie übrigens gar nicht unglücklich ist …"

„… dass sich Frau Oliveira und Gottfried kannten?"

Andreas war sicher, dass ihm der Sandsteinzwerg aus dem Park von Schloss Mirabell, der aufgrund nie geklärter Umstände hinter den einzigen Buchsbaum des berühmten Müllner Gastgartens verbannt worden war, die Fragen eingegeben hatte.

„Sie waren doch dabei, zwei Mal sogar, wie Sie sagten!"

„Ja, das stimmt! Das erste Mal waren wir nur zu dritt, und am nächsten Tag war plötzlich Mafalda dabei. Ob sie sich kannten? Sie müssen sich gekannt haben, so, wie sie miteinander geredet haben. Ich kam ja erst später dazu, Teresa hat mich ganz spontan angerufen und mich eingeladen, ihn kennenzulernen. Vielleicht wollte sie auch nicht allein mit ihm sein."

„Warum?"

„Ich weiß nicht, es ist nur so ein Gefühl. Vielleicht weil er in allem, was er sagte, sehr insistent war, intensiv, ‚enthusiasmiert', könnte man auch sagen. Und gesprochen wurde eigentlich nur über Musik und die Berliner Philharmoniker, und was für eine Sensation es wäre, diesem Orchester irgendwelche verschollenen Wagnerpartituren auf die Pulte zu legen, und dass es sich doch lohnen würde, alles zu unternehmen, um das möglich zu machen. Und als ich aufgrund irgendwelcher Fragen, woher ich käme, erzählte, dass wir ein Haus am Grundlsee besäßen, war er überhaupt nicht mehr zu beruhigen. Er kenne die Gegend wie seine Westentasche, sei oft dort gewesen, auch zum Wandern im Toten Gebirge, und, was ich mir wahrscheinlich nicht vorstellen könne, die gewissen verschwundenen Wagnerpartituren hätten auch mit dieser Gegend zu tun, sehr viel sogar, wie er behauptete. Und diese seine Begeisterung war es schließlich, die mich veranlasste, alle drei, Teresa, Mafalda und Gottfried an den Grundlsee und zum Konzert Ihres Quintetts einzuladen, Andreas, womit ich ihm eine ungeheure Freude gemacht zu haben schien, jedenfalls hörte er gar nicht auf, das immer wieder zu beteuern, auch am nächsten Tag nicht, als Mafalda dabei war; jedenfalls so, dass es mir schon fast zu viel wurde. Und genau dieser Abend Ihres Konzerts bei uns sollte der letzte seines Lebens werden! Ich kann es immer noch nicht fassen!"

Der barocke Zwerg sah Andreas grinsend an, als das Geschirr von drei Portionen Tafelspitz von ihrem Tisch geräumt wurde; es war warm und der Kies knirschte unter den Schritten des lederbehosten Kellners, der an einem offenen, zum Schankbuffet umfunktionierten Fenster des steingrauen mittelalterlichen Gasthofes am äußeren Rand der Stadt Salzburg Josefs Bestellung „Einmal Marillenknödel, ein Topfenstrudel, drei Melange, zwei G'spritzte und ein Leitungswasser!" weitergab.

„Und am nächsten Tag, als die Enkelin da war, worüber wurde da gesprochen?", wollte Andreas wissen.

„Ich weiß nicht, worüber wirklich gesprochen wurde", antwortete Frau Zisk ein wenig verzweifelt und nahm den letzten Schluck aus ihrem Wasserglas, „ich kam ja erst nachmittags zum Kaffee dazu! Die Stimmung war irgendwie angespannt, kommt mir jetzt in der Erinnerung vor, sehr um gute Laune bemüht, die sich auch einstellte, als der Grundlsee, seine Geschichte und verschiedene Wanderungen durchs Tote Gebirge, die auch Mafalda kannte, thematisiert wurden, wobei es Gottfried immer wieder gelang, die Berliner Philharmoniker und ihre Veränderung von Karajan über Abbado zu Rattle unterzubringen, sowie ihre bis heute absolut unerreichte Interpretation von Wagners Ring, für den Karajan schließlich die Salzburger Osterfestspiele gegründet hätte und der jetzt erst, nach vierzig Jahren, von Rattle endlich wieder dort aufgeführt würde, ‚der Not gehorchend, nicht dem eig'nen Triebe', was der ganzen Unternehmung leider anzuhören sei, wie sich Gottfried ausdrückte, daran erinnere ich mich noch genau, ‚der Not gehorchend, nicht dem eig'nen Triebe!', und es müsste eben auch jetzt irgendetwas Unerhörtes passieren, wie damals von 1967 bis '70, als das beste Konzertorchester der Welt plötzlich daran gegangen sei, unter seinem genialen Chefdirigenten Wagners Ring bar jeder Opernroutine quasi aufs Neue uraufzuführen und ihn damit der Neuzeit wieder zu schenken, entschlackt, unpathetisch, durchsichtig und gereinigt vom Schmutz zweier Weltkriege, vom Missbrauch totalitärer Ideologien und Regime! Und wenn es nur eine neue Lesart aufgrund von wieder aufgetauchtem, seit dem Ende des zweiten Weltkriegs verschollen geglaubtem Notenmaterial wäre, die diesem Ereignis das Signum des Unverwechselbaren, für das einundzwanzigste Jahrhundert tauglichem Originären aufdrücken würde."

„Offenbar Kronsteins Lieblingsthema!", bemerkte Josef Perner, indem er dem in seinem weißen Leinenhemd mit aufgekrempelten Ärmeln wie ein sonntäglich herausgeputzter Holzarbeiter aussehenden Kellner beim Verteilen des Kaffees und des Nachspeisenbesteckes half, während dieser den staubzuckerüberschneiten Topfenstrudel, aus dem nur ein paar Rosinen hervorlugten, mit einem herzlichen „Guten Appetit" vor Cornelia Zisk platzierte. „Die Marillenknödel dauern noch a' Weng, weil's frisch g'macht wer'n, und der Wein is sicher a für die Herrn." Andreas nahm einen Schluck vom gespritzten Wein, ehe er den Zuckerspender einmal über seine Melange kippte.

„Ein Thema, von dem er besessen war!"

„Ja, besessen ist das richtige Wort, Andreas, Gottfried wirkte wie besessen an jenem Nachmittag, und schien immer noch etwas hinter dem angesprochenen Thema Stehendes insinuieren zu wollen, das die beiden Frauen nicht verstanden oder nicht verstehen wollten, dachte ich mir damals. Aber was? Was konnte das sein?"

Die beiden Männer wechselten einen Blick, doch Andreas beschloss, die alte Dame jetzt nicht mit seiner Ermordungstheorie zu beunruhigen, sondern hob die Achseln und rührte, ehe er antwortete, in seinem Kaffee; ihm war plötzlich klar, dass er zu den Damen Oliveira Kontakt aufnehmen musste, wenn er in seiner Sache irgend weiterkommen wollte.

„Ich weiß es leider nicht, Frau Zisk, obwohl er auch uns, ganz gleich ob es in Berlin oder Salzburg war, immer wieder mit diesen verschollenen Ringpartituren, ich möchte fast sagen, enerviert hat."

„Nachdem ich ihn in Albufeira zweimal so erlebt habe, kann ich mir das lebhaft vorstellen! - - Mein Gott, da fällt mir ein, dass weder Teresa noch Mafalda von Gottfrieds Tod erfahren haben dürften, in all der Aufregung habe ich total vergessen, es ihnen zu sagen, aber ich werde das heute noch nachholen, so schwer es mir auch fällt!"

„Du kannst ihnen auch meine Telefonnummer geben, Cornelia, für den Fall, dass ihnen danach sein sollte, mit einem Priester über das Ganze zu sprechen."

„Meine auch, falls die Damen erfahren wollen, wie er seinen letzten Morgen verbracht hat", setzte Rothmann rasch hinzu.

„Danke, Andreas, danke, Josef! Ihr seid wirklich mehr als lieb, ich werde das sicher machen! – Der Topfenstrudel ist ganz ausgezeichnet, den müssen Sie kosten!" Sie schob den mit Almrauschblüten geränderten Teller erst in Andreas Richtung, der lächelnd ablehnte, dann zum Pfarrer, der, sich bedankend, eine Gabel davon nahm und genüsslich verspeiste.

„Jedenfalls hatte Gottfried am Abend jenes Tages in Albufeira einen Flug nach Berlin gebucht und Mafalda bot sich an, ihn zum Flughafen nach Faro zu bringen, was ich ausgesprochen freundlich von ihr fand."

Andreas Rothmann wurde weder von Teresa Maria, noch von Mafalda Oliveira telefonisch kontaktiert, auch sein

Priesterfreund Josef Perner nicht, der ihn noch am Abend des Einäscherungstages mit zu sich in seinen Pfarrhof nahm, die Hinterlassenschaft und die Urne Gottfrieds in dessen Reisetasche im Kofferraum seines silbergrauen T-Mercedes mit sich führend. Am nächsten Morgen brachte er Andreas, dessen dringender Bitte entsprechend, zum Münchner Flughafen, nicht ohne ihm wohlmeinend von seinem geplanten Vorhaben abgeraten zu haben.

Rom

Godehard Palgartner hatte sich seine leere Laptoptasche umgehängt, als er die Piazza Navona querte, um nach der Kirche der Heiligen Agnes durch die kurze Gasse entlang der Schmalseite des Palazzo de Cupis die Via di Santa Maria dell'Anima zu erreichen. Es war nach acht Uhr abends als er im Espresso vis-à-vis des Eingangs der Anima bei einem Cappuccino warten wollte, bis das Abendessen im Kolleg vorüber war. Für etwas mehr als eine halbe Stunde genoss er das Treiben auf dieser für ihn typisch römischen Straße mit ihren klaren Renaissancefassaden über dem zufälligen Wechsel von Cafes und Geschäften, ehe er in das fast schon klassizistische Barockgebäude mit den taubenblauen Fensterläden eintrat und wie ein alter Bekannter gegrüßt wurde, obwohl er mindestens zwei Monate nicht mehr dort gewesen war. Durch die kostbar ausgestattete Sakristei wollte er zur Kirche gelangen, einen Blick auf die Szenen aus dem Leben der Gottesmutter werfen, ihre Geburt, die Verkündigung, endlich ihre Aufnahme in den Himmel, die er aber nur schwer zu erkennen vermochte, weil der überbordende Barockraum wegen Renovierungsarbeiten eingerüstet war und die geliebten Darstellungen wegen herabhängender Plastikvorhänge kaum freigab. Indigniert fuhr er sich durch die Haare, wischte über Schulterpartie, Revers und Hosen seines schwarzen Anzugs und versuchte darauf zu achten, dass sich möglichst wenig von dem herabrieselnden Staub auf seinen maßgefertigten schwarzen Wildlederschuhen und an deren Kreppsohlen aus Naturkautschuk, die er wegen ihres unhörbaren Tritts gewählt hatte, festsetzen konnte.

Ohne den hohen, halbdunklen Kirchenraum näher wahrzunehmen, begab er sich sofort in die Kreuzkapelle, ging auf der dunkel gebeizten barocken Betbank in die Knie und sah zu dem im flackernden Licht zweier Silberampeln schwarz zwischen aufgezogenen blutroten Theatervorhängen hervorschimmernden Steinkorpus des Gekreuzigten empor. Er wollte beten, was ihm nicht gelang. Worum hätte er auch beten sollen? Dass ihm der in seiner athletischen Modellierung zur homophilen Ikone stilisierte Schmerzensmann eingäbe, wo in diesem verwinkelten Gebäudekomplex eines mehr als ein halbes Jahrtausend alten Hospizes für „arme Pilger deutscher Nation" ein österreichischer Bischof mit nationalsozialistischer Gesinnung die von einem Kriegsverbrecher geraubte Partitur der „Walküre" versteckt haben könnte? Die nunmehr im Zuge ihrer Renovierung genau unter die Lupe genommene prunkvolle Sakristei mit ihren duftigen Marienfresken konnte als Tresor nicht mehr in Betracht gezogen werden, ebenso wenig die dreischiffige Kirchenhalle selbst, die ihm wegen ihrer unzähligen, die nachtblauen, braungeränderten Deckengewölbe in schwindelerregende Höhen stemmenden, baumschlanken Säulen plötzlich wie das mystische Innere eines Gralstempels vorkam, in dem sich die hemmungslos berauschende Parsifalmusik Wagners bis in die entferntesten dämmrigen Winkel ausbreitete. Dies veranlasste ihn, den nüchternen Hauptraum des Bibliothekstraktes aufzusuchen, jenen Ort, an dem ihm der krebskranke Weihbischof im ersten

Licht eines Julimorgens vor fünfzehn Jahren seine Mitwisserschaft gebeichtet hatte.

„Monsignore Palgartner, ich freue mich, Sie einmal persönlich kennenlernen zu dürfen, nachdem ich schon so viel von Ihnen gehört habe! Gestatten Sie, dass ich mich vorstelle, ich bin nämlich auch Tiroler, ein Südtiroler allerdings, aus Dreikirchen, heiße Laurenz Aufschnaiter und möchte meinen Doktor in Kirchenrecht und Dogmatik machen!“

„Zwei gleich!“, antwortete Palgartner ein wenig irritiert, weil er nicht bemerkt hatte, wann der auffallend flachsblonde junge Mann, der ihn in seinem schwarzen Polohemd im ersten Moment an einen Bergsteiger erinnerte, eingetreten war und jetzt, übers ganze grobknochige Gesicht strahlend, mit seiner großen, platinfarben behaarten Hand nach der rechten Godehards griff und diese heftig schüttelte, lange und herzlich.

„Und, wenn ich fragen darf, was sucht der für seine feine Klinge berühmte Ritter des wahren Glaubens in unserer bescheidenen Hütten, die einmal auch die seine war?“

„Ich – wollt’ einmal schauen, ob wir etwas Detailliertes über den Verhandlungsverlauf des Reichskonkordates von 1933 haben.“

„Haben wir, steht da drüben! Einen Moment!“, rief der junge Priester, griff sich einen der einfachen Holzstühle und befand sich schon, auf ihm stehend, vor einem offenen Regal im hinteren Teil des weiß getünchten Mittelzimmers der Anima-Bibliothek, entnahm diesem ohne zu suchen ein handgebundenes Buch in der Größe eines Atlanten, das er vor Palgartner so schwungvoll öffnete, dass die schweren, von ochsblutbemalten Deckeln gehaltenen Hälften laut auf den langen, dunkel furnierten Lesetisch klatschten.

„Vül hot is dos amol nit brocht', wann Sie mi frog'n, obwohl dos glei' amol zwei zukünftige Päpschte ausvahondlt hob'n!", meinte Aufschnaiter unbekümmert und begann die Seite mit dem Vertragstext des Staatskirchenvertrages zwischen dem Heiligen Stuhl und dem Deutschen Reich zu suchen.

„Oba mit'm Teifl kannscht halt kchein Pakt schliaß'n, glaub'n'S nit auch, Monsignore?" Er wies mit seiner linken Hand verächtlich auf das aufgeschlagene, eng bedruckte Blatt und sah Palgartner provozierend von der Seite an.

„Seine Eminenz Kardinal Staatssekretär Eugenio Pacelli, der spätere Heilige Vater Pius XII., wollte die Heilige Kirche Deutschlands vor einem drohenden Zugriff, der sich durch das Ermächtigungsgesetz abzeichnete, bewahren und die Gläubigen in ihrer Religionsausübung geschützt wissen. Und Giovanni Battista Montini leistete als enger Mitarbeiter Kardinal Pacellis nicht mehr als protokollarische Sekretärsdienste bei den äußerst komplizierten Verhandlungen mit der deutschen Delegation unter der Führung von Hitlers Stellvertreter, Vizekanzler Franz von Papen. Er war damals mit seinen gerade einmal sechsunddreißig Jahren sicherlich Lichtjahre davon entfernt, die Last eines obersten Hirten auch nur ansatzweise ermessen zu können, die ihm aber doch dreißig Jahre später, nach dem überraschenden Heimgang des geliebten heiligmäßigen Johannes XXIII., mitten im verwaisten zweiten vatikanischen Konzil aufgebürdet wurde und die zu schultern er sich meines Wissens schwersten Herzens als Paul VI. demütig, das heißt, mit allem Mut zum Dienen, entschloss", hörte sich Godehard Palgartner ungewollt die Rolle eines Verteidigers zweier Päpste, deren Pontifikate er nicht uneingeschränkt bewundern konnte, übernehmen.

„Da!", der mit einem weißen Flaum überzogene starke Unterarm des jungen Priesters schob sich mit ausgestrecktem Zeigefinger unter den schwarzen Zeilen der Seite hin, „‚Vor Gott und auf die Heiligen Evangelien schwöre und verspreche ich, so wie es einem Bischof geziemt, dem Deutschen Reich und dem jeweiligen Lande die Treue. Ich schwöre und verspreche, die verfassungsmäßig gebildete Regierung zu achten und von meinem Klerus achten zu lassen …', et cetera. Artikel 16!" Der Zeigefinger klopfte dreimal hart auf das Dokument.

„Und an den Universitäten bleiben die katholisch-theologischen Fakultäten erhalten, Artikel 19, und den Ausbildungsgang der katholischen Priester bestimmt allein die Katholische Kirche, Artikel 20, und der katholische Religionsunterricht findet weiter an den Schulen statt, Artikel 21, und die katholischen Religionslehrer bestimmt allein der zuständige Bischof, Artikel 22, konfessionell geprägte Schulen bleiben weiter bestehen und dürfen sogar neu eingerichtet werden, Artikel 23, nicht zu vergessen den Erhalt des Beichtgeheimnisses, Artikel 9!", schloss Palgartner knapp und ohne auch nur einen Blick in das vor ihm liegende Buch zu werfen, an, worauf der blonde Priester aufschnellte.

„Und der Klerus verpflichtet sich dafür, ‚für das Wohlergehen des deutschen Reiches und Volkes und seiner Führung' zu beten, Artikel 30, was nichts anderes bedeutet, als dass jeder Priester bei jeder Messe in jeder noch so kleinen Kirche für das Wohlergehen Adolf Hitlers zu beten hatte, um die katholischen Schäfchen bei der Stange zu halten!"

Die beiden Kirchenmänner standen Aug in Auge.

„Laurenz, ein Disput des so genannten und heute in Deutschland und Österreich noch immer rechtswirksamen Konkordates lag nicht in meiner Absicht, als ich mir über die Genese einzelner Verhandlungsergebnisse Klarheit, soweit diese überhaupt möglich ist, in meinem alten Kolleg verschaffen wollte, – wir können diesen aber gerne hier in den Räumen unseres Collegio Teutonico anberaumen, wenn von euerer Seite Bedarf hierfür besteht", erwiderte lächelnd Monsignore Palgartner, berührte freundschaftlich den nackten Arm des jungen Kollegen, setzte sich an den Tisch, zog seine randlose Lesebrille aus der Brusttasche seines maßgeschneiderten dreiknöpfigen Leinensakkos und wandte sich dem vor ihm liegenden Buch zu, von dem er die rechte Hälfte der Seiten auf die linke hob, um sich im Registerteil über das Gesuchte kundig zu machen.

„Des tua ma glatt, Monsignore, und i g'frei mi scho drauf, weil ma' s so auf da Sööl brennt, des Thema! Und dankch a schian, i meld' mi dann im Heiligen Offi, wenn i all's organisiert hab', und nix für unguat, Monsignore!"

Palgartner winkte dem abgehenden Aufschnaiter freundlich nach, bis sich die Mitteltüre geschlossen hatte, stand dann sofort auf, ging zu der hinter ihm an der Wand stehenden Metallkredenz, öffnete sie, griff nach dem ersten der langen hölzernen Karteikästen mit den Buchstaben A bis H, setzte sich wieder, knipste eine der in den Tisch integrierten Halogenleselampen an und hielt in seinem fieberhaften Blättern erst inne, als er hinter der Karte H auf eine wie zufällige dort hineingesteckte, verblichen blaue, aufs Maß des Kastens zugeschnittene Pappe mit dem handgeschriebenen Eintrag „Biblioteca Episcopi Aloisii" stieß. Er starrte auf die kalligrafisch exakte Sütterlinschrift und wagte nicht zu atmen.

Nach dieser Karte muss sich die gesamte, offensichtlich unkatalogisierte Bibliothek Alois Hudals irgendwo hier in der Anima befinden.

Die doppelflügelige intarsierte Barocktüre in der Mitte führte ins Stiegenhaus, rechts ging es in vier weitere Bibliotheksräume mit Lesepulten, an denen er oft und nächtelang gesessen war, um in den, hinter blumengirlandengeätzten Scheiben geordneten, einheitlich ledergebundenen, mit dem Muttergotteswappen der Anima versehenen Bänden tief bewegt den in Latein verfassten Schriften des Augustinus, des Thomas von Aquin, dem Regelwerk des heiligen Benedikt zu begegnen, links aber schlossen sich eine Reihe von verborgenen Kabinetten an, die so schmal waren, dass man sie fast seitlich durchmessen musste, um nicht mit den Schultern an hunderte von Bücherrücken zu streifen, ehe man über eine kaum personenbreite gemauerte Wendeltreppe durch eine grob gezimmerte, niedere Türe aus Akazienholz in einen langen fensterlosen Gang gelangte, der im ehemaligen Stallungstrakt mündete, in dem seit etwa einhundertfünfzig Jahren die Kollegsküche mit ihren dazugehörigen Wirtschafts- und Vorratsräumen untergebracht war.

Palgartner verschloss die beiden sichtbaren Ausgänge, öffnete vorsichtig die linke, mit Regalen getarnte Türe zu den Geheimkabinetten, erinnerte sich, dass er den über dem Türbalken angebrachten Drehschalter betätigen musste, um einer von der hohen Decke hängenden nackten Glühbirne Strom zuzuführen, und war erstaunt, dass jedes der drei Kabinette von einem schwachen gelblichen Licht aus dem Dunkel gehoben wurde, als er den kleinen Keramikflügel ertastet und vorsichtig gedreht hatte. Die zur Wendeltreppe führende Eisentüre schien ihm unendlich weit in der Tiefe dieses durch drei nur bretterbreite, schachthohe Flügeltüren gegliederten Bücherbergwerks zu liegen, sich seitlich drehend tänzelte er hin, um zu prüfen, ob ihm dieser Fluchtweg, der ihnen als jungen Priestern manchmal dazu gedient hatte, unabgemeldet ins nächtliche Rom zu entwischen, im Fall einer Entdeckung offenstünde.

Ohne die schwere Eisenklinke zu berühren, tastete er in Kniehöhe über die meterstarke spallierte Mauerdickung, fand den mehr als handlangen Bartschlüssel sofort in dem dafür vorgesehenen Spalt, steckte ihn in das kunstvoll geschmiedete offene Kastenschloss, wendete ihn langsam mit zwei Händen so lange, bis er sah, dass sich die vier Finger hohe Eisenzunge leise schnarrend aus der Sandsteinverblendung des Türstocks zog, traversierte dann zur gegenüberliegenden halb offenstehenden Bibliothekstüre zurück, zog sie in ihre Füllung, um sich zunächst den beidseitig aufgeschichteten leder- oder moiréverschnürten Dokumentenbündeln zuzuwenden, deren Datierungen und Aufschriften sie als technisch-handwerkliche Chroniken des jahrhundertealten Pilgerhospizes auswiesen.

Im zweiten Schacht schien er die Bibliothek des Bischofs gefunden zu haben, denn als er das schmale linke Türblatt der dunkel gebeizten Eichenflügeltüre umschlug, meinte er, etwas über Augenhöhe den Leinenband, aus dem ihm vor wenigen Stunden der Kardinal vorgelesen hatte, wiederzuerkennen, huschte in den Leseraum, um seine Brille zu holen und konnte auf dem Buchrücken die Prägung „Vom Deutschen Schaffen in Rom" lesen, daneben „Die Deutsche Nationalkirche der Anima", „Der Katholizismus in Österreich", „Tatkatholizismus", „Die Grundlagen des Nationalsozialismus" schlug er auf: „Eine ideengeschichtliche Untersuchung von katholischer Warte von Bischof Dr. Alois Hudal, Rom, Johannes Günther Verlag Leipzig und Wien", schob das pergamentgebundene Elaborat angewidert in das mit dem in einen kleinen Blechrahmen gesteckten Begriff „Scriptores optimi" gekennzeichnete Regal zurück, auf dem, aufwändig goldbedruckt auf dunkelblauen Rücken die Werke Grillparzers übergingen in die Raimunds, Goethes, Schillers, Kleists, Hölderlins. Diesen gegenüber, nur durch den armbreiten Gang getrennt, „Die Illias", „Die Odyssee", „Die Edda", „Das Lied der Nibelungen", die Schriften Richard Wagners. Palgartner riss die Bände heraus, klopfte, trommelte wie besessen auf die Rückwand, um Hohlräume wahrzunehmen, drückte auf die Eichenbretter, versuchte sie zu verschieben, *irgendein Geheimfach musste doch in die Mauer geschachtet worden sein, irgendeine Leiste sich verschieben lassen!* Er hielt seinen in Stößen pumpenden Atem an, … *ein Gelenk durch Druck nachgeben* … Die Lunge schien ihm zu zerreißen, keuchend ging er in die Hocke, um die wild durcheinander liegenden Bücher aufzuheben, „Mein Leben, Privatdruck für meine engsten Freunde", „Die Kunst und die Revolution", „Deutsche Kunst und Deutsche Politik", „Oper und Drama", „Dem Königlichen Freunde" … Resigniert steckte er Erstdruck um Erstdruck in die stumme Reihe zurück, „Religion und Kunst", „Jesus von Nazareth", „Über die blutige Lanze im Parzifal", bis sie von „Das Judentum in der Musik" komplettiert war, an das sich „Das Publikum in Zeit und Raum" und „Leiden, lieben, träumen" anschlossen.

Sinnlos! Absolut sinnloses Unterfangen! Paranoid! Ende, Palgartner, Ende! Lass es!

Als er die Eisentüre am Ende des dritten Stollens wieder verschlossen und den rostigen Schlüssel in den Mauerspalt gelegt hatte, musste er auflachen, als sein Blick über die Rücken hunderter von Zeugnissen österreichischer Kunst, österreichischer Kultur, österreichischer Literatur und österreichischen Brauchtums wanderte, dreiundzwanzig überdimensionale Bände der „Österreichisch-Ungarischen Monarchie in Wort und Bild, auf Anregung und unter Mitwirkung weiland seiner kaiserlichen und königlichen Hoheit des durchlauchtigsten Kronprinzen Erzherzog Rudolf begonnen …", „Die Ständeordnung des Erzherzogtums Steiermark" in drei Folianten, „Der Brandhofer und seine Hausfrau"; der seltsame Titel veranlasste ihn, das Buch aufzuschlagen, ein Schutzblatt aus Seidenpapier zu wenden, um in der dahinter wie durch einen Nebel schimmernden eingeklebten Reproduktion eines Gemäldes von Matthäus Loder mit dem Titel „Fahrt über den Grundlsee" eine biedermeierliche Reisegruppe in einem großen Holzschiff gegen eine den See in der Ferne begrenzende Gebirgsformation gleiten zu sehen.

Grundlsee ist doch der Ort, wo während des zweiten Weltkriegs die Wagnerpartituren deponiert waren, bis sie bei Kriegsende verschwanden, wie er nach der Beichte Weihbischof Genters mühsam recherchiert hatte, um sich wenigstens halbwegs die Stationen erklären zu können, über die eine Partitur wie die der „Walküre" nach Rom gelangt sein könnte, und, wie ihm vor wenigen Stunden von Kardinal Klinger bestätigt wurde, auch gelangt war!

Aber wie wenig hat diese duftige, sich in festlicher Trachtenbekleidung auf einem See des Salzkammergutes amüsierende Biedermeiergesellschaft mit einer gestohlenen Wagnerpartitur zu tun!

„Der Brandhofer und seine Hausfrau, von ihm selbst erzählt; eigenhändige Aufzeichnungen Erzherzog Johanns von Österreich", entnahm Palgartner erstaunt dem Deckblatt dieses als Memoiren getarnten *Verklärungsversuchs einer habsburgischen Mesalliance, die bis zum heutigen Tag die Gemüter bewegt,* ehe er die bibliophile Ausgabe aus dem Jahr 1930 zurückstellte und wie von ungefähr auf einen kleinen, dicken Band mit der

Aufschrift „Steyerisches Rasplwerk, Vierzeiler, Lieder und Gasslreime aus Goessl am Grundlsee“ aufmerksam wurde, weil dieser zweimal vorhanden und offensichtlich aus Platzgründen übereinander eingeordnet worden war.

Bischof Hudal war es also gelungen, zwei dieser von dem Wiener Industriellen Konrad Mautner zusammengestellten und kostbar illustrierten Ausgaben der in einer Auflage von nur vierhundert Stück hergestellten berühmtesten Österreichischen Volksmusiksammlung zu ergattern, hoffentlich auf legalem Weg!, dachte Palgartner, *denn Konrad Mautner stammte schließlich aus einer jüdischen Familie, deren Besitz wie der zahlloser anderer Familien jüdischen Ursprungs von den Nazis enteignet wurde,* und wollte das obere der beiden Bücher aus dem dicht bestückten Regal nehmen, als er merkte, dass sich das untere mitbewegte. Er zog fester. Wenige Augenblicke später fand er sich neben einem kistenartigen Gebilde, dessen Ausmaß und Gewicht er nicht vermutet hätte, auf dem Fischgrät verlegten Ziegelboden wieder, das Geräusch des Aufschlags wie von splitterndem Holz noch in den Ohren.

Vor ihm lag ein buchartiges Behältnis mit zwei gleichen, übereinander gesetzten Rücken, dessen Oberseite aus zwei gleichen, jeweils mit einem Siegelwappen tiefbedruckten Pergamenteinbänden bestand, die aus ähnlichem Material so weit verlängert waren, dass sie einen Deckel bildeten. Der ursprüngliche grüne Seitenschnitt des „Rasplwerks“ war ebenfalls attrappenartig verlängert, sodass der Priester vor einer sandfarbenen Schatulle mit geriffelten, grünspan-gefärbten Seitenwänden im Ausmaß von vier seitlich aneinandergefügten Schuhkartons kniete, die er unendlich langsam öffnete und nicht umhin konnte, mit angehaltenem Atem ein, im linken Viertel auf einen verlängerten Karton doppelt übereinander aufgebrachtes, flaschengrün verziertes, handgezeichnetes Deckblatt Zeile für Zeile zu entziffern: „Steyerisches Rasplwerk, Vierzeiler, Lieder und Gasslreime aus Goessl am Grundlsee. In Wort und Weise gesammelt, aufgeschrieben und mit Bildern versehen von Konrad Mautner. Festlegung der Weisen durch Alexander Fimpl, Carl Liebleitner und Marie Mautner. Wien 1910, verlegt bey Stähelin und Lauenstein, Vervielfältigung in der Groeße des Originals durch die Kunstanstalt Max Jaffé, Wien".

Palgartner sah schwer atmend in den trüb beleuchteten, zweifach geteilten Bücherstollen, dessen Einzelheiten er erst erkennen konnte, als er seine Brille abgenommen hatte, um sich trotz des fernen Rauschens in seinem Gehör zu vergewissern, dass es still war, totenstill. Jetzt hob er den Deckel, hielt ihn mit der linken Hand umgeschlagen und erschrak vor einem blutroten Block, der millimetergenau in die Seitenhülle eingepasst war. Erst als er die Brille wieder aufgesetzt hatte, konnte er die in Runenschrift mit Goldfäden gestickte Widmung lesen:

Dem Führer des Deutschen Reiches
Adolf Hitler
Die Walküre
von
Richard Wagner

Er versuchte, mit der rechten Hand in den roten Block zu greifen, was ihm wegen des äußerst knapp bemessenen Randes der den Block umschließenden, aufeinander geklebten Seiten nicht gelang, also drehte er die Kiste um, schüttelte das wie eingefräste Buch vor sich auf den Steinboden, schlug es auf und fühlte, wie die in einem Notenmeer dahintreibenden Worte Wotans „Denn einer nur freie die Braut, der freier als ich, der Gott!" vor seinen Augen verschwammen.

Als seine Knie zu schmerzen begannen, erhob sich der Priester rasenden Herzens. Dann passte er mit ruhigen, verlangsamten Bewegungen die leere Hülle des doppelten Raspelwerkes peinlich genau in den wie eine dunkle Wunde aufklaffenden Zwischenraum in der dicht gedrängten Bücherreihe ein, hob „Die Walküre" vom Boden, presste sie an seinen Körper, löschte das Licht im Stollen, schob behutsam die Geheimtüre in ihre Dickung, steckte die Partitur in seine Computertasche, zog den Reißverschluss zu, löschte das Leselicht, versorgte den Karteikasten, stellte das Werk über das Reichskonkordat an seinen Platz zurück, schob den als Trittbrett benützten Stuhl an den Tisch, hängte die schwarze Tasche über seine linke Schulter, drehte den Schlüssel in der Türe zu den Leseräumen nach links bis zum Anschlag, knipste die Deckenlampe aus und verließ über die Hauptstiege den Bibliothekstrakt des Kollegsgebäudes, wurde jedoch durch einen Pfiff angehalten, als er das mit Heiligen bestandene Atrium der Anima queren wollte.

„Monsignore, isch alls organisiert! I meld' mi, wenn's so weit isch, und dankche nochamal, und nix für unguat!“, hörte er flüsternd die Stimme Aufschnaiters durch den Innenhof hallen. Er hob winkend den Arm gegen das erleuchtete Fenster im dritten Stock und verschwand im Dunkel der Kolonnade, die zum Ausgang führte.

Algarve

„Wir beginnen nun mit dem Anflug auf Faro Airport und bitten Sie daher, darauf zu achten, dass Sie angeschnallt sind und sich Ihre Sitzlehnen in einer aufrechten Position befinden.“

Die Maschine zog eine weite Schleife über den Atlantik auf das Festland Portugals zu, so, dass Andreas durch das Bordfenster die endlos unter ihm dahinziehende Küste der Algarve in den Farben Meerblau, Sandweiß, Piniengrün und Rottönen von Orange bis getrocknetem Ochsblut erkennen konnte, durchsetzt von giftgrünen Golfplätzen, die sich, abwechselnd mit Wohnanlagen aus hunderten von hingewürfelten Ferienbungalows und riesigen Hotelquadern, den Stränden entgegen zu fressen schienen.

Er hatte beschlossen hierher zu fliegen, nachdem es ihm auch nach zahllosen Versuchen nicht gelungen war, Teresa Maria Oliveira, die ihn durch ihre Haushälterin zunächst vertrösten und sich dann konsequent verleugnen ließ, am Telefon zu sprechen; aber auch unter der Salzburger Telefonnummer von Mafalda Oliveira, die ihm Cornelia Zisk bereitwillig mitgeteilt hatte, war zu den verschiedensten Zeiten niemand zu erreichen. Er war felsenfest davon überzeugt, dass er herausfinden musste, was Gottfried zu den Damen nach Albufeira geführt hatte, wollte er in dieser rätselhaften Sache auch nur einen Schritt weiter kommen.

Wie es ihm der Busfahrer mit wenigen englischen Wendungen erklärt hatte, fand er sofort die breite Treppengasse mit den Aluminiumhandläufen in ihrer Mitte zwischen alten verfallenen Häusern, die ihn direkt zur Esplanade von Albufeira führte, welche sich etwa vierzig Meter hoch über einem noch immer belebten Sandstrand wie ein langer, bequem breiter Balkon zum offenen, jetzt tiefblauen, kaum bewegten Meer über die Klippen spannte. Er musste die Reisetasche abstellen und seinen Oboenkoffer von der Schulter gleiten lassen, um sich auf die geschlossene, von Wind und Meerwasser seidenweich polierte Marmorbrüstung zu stützen, die Salzluft einatmen zu können und seinen Blick über den endlosen glitzernden Horizont wandern zu lassen, an dem er, kaum merkbar, die Erdkrümmung wahrzunehmen glaubte. Der Zauber dieses Altans im äußersten Westen Europas behielt auch dann noch seine Wirkung, als er sich umdrehte und sich von den hinter einer Zeile von historischen Fassaden auftauchenden grauenhaften baulichen Auswüchsen unregulierter Tourismusbauten bedrängt fühlte, die sich wie Metastasen über das einstige Fischerdorf geworfen hatten. Links von dem Treppenweg, über den er heruntergekommen war, blätterten flaschengrüne Kacheln aus der Verkleidung eines von einer hellen, römisch-klassizistisch gegliederten, mittelgroßen Villa gestützten Jahrhundertwendehauses mit eleganten Balkonfenstern, deren verrostete gusseiserne Geländer sich aus den schmalen Sandsteinstöcken gelöst hatten, sodass sie bei einem nächsten Sturm auf den kunstvoll verlegten Mosaikboden aus natur- und schieferfarbenen Marmorwürfeln zu stürzen drohten. Rechts von ihm wuchs die, den Abgang in seiner ganzen Länge begrenzende, im ersten Stock mit französischen Balkongittern versehene, von einer doppelflügeligen Füllungstüre aufgelöste Seitenfront eines sandbeige verputzten, voluminösen Bauwerks in die Höhe, dessen dem Meer zugewandte Schauseite, geschützt von einer stockwerkhohen Mauer mit historistischer Barockbalustrade als Abschluss, zur Hälfte von einer großzügig in das Haus integrierten Loggia gegliedert wurde, das Rothmann aufgrund der Beschreibung von Cornelia Zisk unschwer als das Anwesen Teresa Oliveiras zu identifizieren glaubte. Dies wurde ihm zur Gewissheit, als eine junge Frau mit kastanienbraunem schulterlangem Haar an der fein ziselierten schmiedeeisernen Brüstung des Umgangs über der Loggia erschien, sich an den mittleren von drei Pilastern stützte und wie suchend aufs Meer sah, während sie, aufmerksam zuhörend, ein Mobiltelefon an ihr rechtes Ohr gepresst hielt. Sie schien etwas zu sagen und nach einer zweimaligen langsamen, fast verbeugenden Bejahung beendete sie das für sie offensichtlich wichtige Gespräch, steckte ihr Handy in die Tasche einer wollweißen Strickjacke, die sie über einem schwarzen, ihre schlanke Figur betonenden Kleid trug, lehnte sich gegen eine der quadratischen Säulen und entdeckte Andreas, der sich in diesem Augenblick an Penelope Cruz in dem Film „Zerrissene Umarmungen“ erinnert fühlte, den Blick aber aushielt, worauf sie sich, nach etlichen Sekunden, abwandte und im Dunkel des Hauses verschwand. Für Rothmann bestand kein Zweifel daran, am für ihn richtigen Ort zu sein und Mafalda Oliveira gesehen zu haben. Er nahm sein Gepäck auf, um in der Nähe ein Quartier zu suchen, das er auch nach etwa dreihundert

Metern, der Esplanade folgend, im weiß getünchten Quaderbau einer eher unscheinbaren Pension mit dem Namen „Frentomar“ fand.

„Frentomar“ – in Front des Meeres – in Meeresfront!

Das abgewohnte, noch immer im Stil der frühen Siebzigerjahre möblierte Zimmer im oberen von nur zwei Stockwerken hatte jedoch einen Balkon, der über einem nur meterbreiten, mit Agaven, wildem Gras und Hibiskus bewachsenen Klippenstreifen der am weitesten vorgelagerte Punkt dieses Teils der Algarveküste über dem Atlantik zu sein schien. Überwältigt ließ sich Andreas auf einen der hässlichen gepressten weißen Plastiksessel nieder und vergaß für die Ewigkeit einer Viertelstunde, seine Tasche auszupacken und seine Utensilien zu ordnen.

Hier war das alte Europa zu Ende und irgendwo dort jenseits der tutenchamonhaubenblauen Linie des Horizonts musste nach tausenden von Seemeilen das goldene Afrika liegen, dessen Geschichte nur insofern etwas mit Wagnertexten und Wagnerpartituren zu tun hatte, als auch in ihnen die unheilvolle Ausbeutung eines ganzen Kontinents und seiner Bewohner thematisiert wurde, allerdings auf die für Wagner und seine Zeit typische kolonialistische Weise.

„Ja bitte, Mafalda Oliveira, ich habe ihren Anruf erwartet, Herr Rothmann.“

„Warum …?“

„Weil ihn mir Cornelia Zisk angekündigt hat. Dass Sie allerdings selbst nach Albufeira kommen, hat mich, ich gestehe es, ein wenig überrascht!“

„Woher wissen Sie …“

„Weil ich Sie vor einer Stunde auf der Esplanada gesehen habe, und Sie mich doch auch, Herr Rothmann, als ich mit Cornelia telefoniert habe, Sie erinnern sich?"

Andreas trat auf seinen Balkon, hielt sich an der weiß gestrichenen seitlichen Begrenzungswand fest, um, sich hinausbeugend, das Oliveira'sche Haus zu entdecken, was auch möglich war.

„Natürlich erinnere ich mich!"

„Ah, Sie wohnen in der Pensão ‚Frentomar'! Schöner Platz, im Geschmack der Siebziger hoffnungslos veraltet, aber immerhin frisch gestrichen. Wie gefällt es Ihnen in Albufeira, Herr Rothmann?"

„Ich würde Sie gerne treffen, um mit Ihnen über Gottfried Kronstein und die Ereignisse der letzten zwei Wochen zu sprechen."

„Das möchte ich auch, Sie waren ja quasi der Letzte, der den Armen lebend gesehen hat, am Morgen nach Ihrem fabelhaften Konzert, wie mir Cornelia, noch immer schockiert, erzählt hat. Am besten hat mir übrigens das Andante aus dem Foerster-Quintett gefallen, in seiner zerfließenden Melancholie fast ein vorweggenommener Nachruf auf Gottfried, finden Sie nicht auch?"

Andreas musste sich setzen. „Ich …"

„Nur, heute ist ein Treffen bei uns nicht günstig, weil es meiner Großmutter nicht so gut geht, aber wenigstens begrüßen sollten wir einander! Auf einen Aperitiv in der Bar vom ‚Sol e Mar'? – Gleich wenn Sie die Treppen an uns vorbei hinaufgehen, dann rechts und immer geradeaus weiter. Sie können es gar nicht verfehlen, aber erschrecken Sie nicht! So zwischen sieben und halb acht?"

„Ja, aber … Wie heißt die Bar?“

„Hotel! Es ist die Hotelbar vom ‚Sol e Mar‘, und der Name ist hier ausnahmsweise einmal richtig gewählt: ‚Sonne und Meer‘, Sie werden schon sehen!“

Auf den ersten Blick schien es Rothmann, dass er keine Bar betrat, sondern einen weitläufigen, niederen Saal mit einem riesigen kreisrunden, durch ein Podest erhöhten Tresen in der Mitte, über den ein sechseckiger raumhoher Aufbau gestülpt war, der durch verschiedenfarbige, in abstrakte Formen gefasste Glasbausteine in der Abendsonne blau, rot und orange aufglühte, wie die Kuppel eines futuristischen Gralstempels über einer, allerdings leeren, Artusrunde, die von unzähligen im Boden verschraubten, mit weißem Kunstleder bezogenen Drehsesseln umgeben war. Im Hintergrund, gegen eine durchgehende, von wehenden Stores verzeichnete Glaswand, die von einer wellenförmig gemauerten Brüstung begrenzte, ebenfalls erhöhte Bühne mit Flügel, Notenpulten, Mikrofonen und schwarzen Lautsprecherboxen auf Stativen, davor ein blank poliertes zimmergroßes Tanzparkett, auf dem Andreas fast ausgeglitten wäre, als er es überquerte, um auf den eher schmalen Balkon vor den Schiebefenstern zu gelangen. Hier setzte er sich, weil der bizarre Raum hinter ihm leer war, an einen der kleinen Tische und sah auf den fast leeren Strand mit seinen bunt bemalten, typisch algarvischen Holzfischerbooten hinunter, von denen einige eben jetzt in die kaum wahrnehmbare milde Brandung eines silbrig glänzenden Ebbe-Meeres geschoben wurden.

Als die meisten der Außenbordmotoren angeworfen waren und die kleinen Schiffe begannen, die schräg einfallende Sonnenbahn auf ihrem Weg zum Horizont wie Scherenschnitte zu durchkreuzen, drehte er sich nach einem Kellner um, erschrak und fühlte beim unvermittelten Anblick von Mafalda Oliveira so etwas wie eine Faust, die sein Herz zusammenzudrücken schien. Er hatte keine Ahnung, wie lange sie schon hinter ihm stand, nahm aber sofort war, dass sie ihre helle Wolljacke gegen einen schwarzen Trenchcoat getauscht hatte, der ihr von den Schultern glitt, als sie ihm ihre feingliedrige Hand hinstreckte, die er nicht ergriff, weil er von seinem Sessel rutschte, um den hinter ihr liegenden Mantel aufzuheben, was sie verhindern wollte, in dem sie mit einem „Obrigada! Está certo!“, in die Hocke ging, worauf sich beide, eingeklemmt zwischen zwei Bistrot-Tischchen, einander gegenüber auf hellroten Terracotta-Fliesen wiederfanden. Andreas konnte ihre bronzefarbenen, auch in der Hocke noch schmal wirkenden Beine sehen, die das schwarze Leinenkleid freigab, als sie sich nach ihrem Mantel umwandte, diesen aufnahm, in der Drehung aufstand und ihm ihre Hand erneut hinhielt, die er unwillkürlich ergriff, sodass er sehr nah vor ihr zu stehen kam, ihren Geruch nach Olivenseife und einem undefinierbaren Hauch von Parfüm einatmete, worauf sie ihm ihre rechte entzog, einen Schritt zurücktrat, hinter ihn deutete und ihn mit „Ich muss um Entschuldigung bitten, Herr Rothmann, aber wer, wenn nicht sol e mar wären im Stande gewesen, Ihnen die Wartezeit auf eine hoffentlich angenehme Weise zu verkürzen. Mafalda Oliveira“, begrüßte. „Wollen wir hier bleiben oder geben wir einem Kellner die Chance, uns im Mausoleum zu entdecken?“

„Wie Sie möchten“, antwortete Andreas, folgte ihr in den von bunten Lichtstreifen durchzogenen Raum und setzte sich ihr gegenüber in einen der plastikbezogenen rechteckigen Sessel der vanilleeisfarbenen Sitzgruppen nahe der Fensterfront, durch die gerade so viel Licht fiel, dass Mafalda Oliveiras von der mediterranen Sonne leicht gebräuntes Gesicht wie von einem Perlmuttschimmer aufgehellt schien.

„Es ist mir unbegreiflich, dass Sie mir an jenem Augustabend am Grundlsee nicht aufgefallen sind, Frau Oliveira …“

„Weil ich nicht in dem großen Salon war, in dem Sie, übrigens besonders gut, spielten, sondern im Musikzimmer dahinter, dort wo der Flügel in dem Erker mit den buntbemalten Fenstern steht, Sie wissen. Ich hör’ Musik immer gern ein bissl indirekt, besonders, wenn man die Gelegenheit hat, ein so weit ausschwingendes Stück wie das Andante von Foerster auf sich wirken zu lassen. Gratuliere, Sie haben einen wunderschönen Ton, Herr Rothmann, den ich schon oft auch in den Konzerten der Berliner Philharmoniker bewundert habe. Es scheint eine seltene Affinität zwischen Ihnen und der Spätromantik zu bestehen, speziell zu Bruckner und Mahler! – Sollten wir nicht, dem Set entsprechend, trockene Martinis bestellen?“

Sie schien die Annäherung des schwarz-weiß uniformierten Kellners gespürt zu haben, der unaufgefordert zwei meerblaue Keramikschalen, eine mit Chips, die andere mit schwarzen Oliven, auf den niedrigen, dunkelbraunen Tisch zwischen ihren Sesseln abstellte und mit „Boa noite, Doutora Mafalda! Boa noite, senhor! Como posso ajudar lhes?“, ihre Bestellung entgegennehmen wollte.

„Warum nicht! Aber wieso ‚Set‘?“

„Weil es hier aussieht wie in einem frühen James-Bond-Film, finden Sie nicht? – Olá, Diógo, tudo bem? Quremos dos Dry Martinis, duplos, se for possível?“

Mit einem genießerischen „Claro que é, Duotora Mafalda! Óptimo!“, gab der Ober sein Einverständnis zu verstehen und glitt wie auf Schlittschuhen hinter den Tresen, wo er sich fast geräuschlos an Gläsern und Flaschen zu schaffen machte.

„Warum sind Sie nicht geblieben, es war noch ein netter Abend, und Mahler hätten Sie auch noch hören können, allerdings nicht von mir, sondern von Arran, unserem Hornisten.“

„Ich weiß, Fünfte, dritter Satz, und Brahms, Erste. Es war nicht zu überhören, auch in meinem kleinen Zimmer im Gasthof ‚Ladner‘ nicht, glücklicherweise.“

„Also warum?“

„Ich war ein wenig müde von einer zweitägigen Bergtour, Altaussee – Augstwiesen – Appelhaus, von wo ich, den ‚Backenstein‘ wieder einmal mitnehmend, herunter kam, unglaublich schöne Bergwanderung übrigens, und wollte mich nur mit Gottfried Kronstein verabreden, bei der Gelegenheit Ihr Konzert hören, zu dem mich Cornelia eingeladen hatte, und dann früh ins Bett gehen, weil ich am nächsten Tag schon wieder aufsteigen wollte, über den Prinzensteig zur Vordernbachalm, um Gottfried dort zu treffen; aber diese Ortsangaben werden Ihnen wenig sagen."

Andreas musste schlucken, er war erleichtert, dass der Kellner in diesem Moment auf einem serviettenbelegten ovalen Silbertablett einen kleinen weißen Teller für die Olivenkerne und die Drinks brachte, in denen jeweils eine von einem kleinen Plastikschwert gespießte grüne Olive schwamm.

„Obrigada, Diógo, muito gentil!"

„Sempre a sua disposição, Doutora Mafalda!"

Sie streckte das kleine Olivenschwert mit Daumen und Zeigefinger in die Luft und prostete mit dem ausladenden, konisch zulaufenden Kelchglas in der flachen rechten Hand dem immer noch sprachlosen Andreas zu: "Cheers! Oder sagen wir ‚G'sundheit', wie am Grundlsee?"

„Sagen wir G'sundheit!", meinte dieser fast tonlos, als er rasch sein Glas zum Mund führte und einen großen Schluck nahm, von dem er glaubte, er würde seine Kehle verätzen. Nur mit Mühe konnte er einen Hustenanfall unterdrücken.

„G'sundheit, Andreas! Aber verschlucken Sie sich nicht, und willkommen im schönen Albufeira, der Perle der Algarve!", rief sie ihm amüsiert zu, nippte von ihrem Glas und biss zart die Olive von ihrem blauen, fingerlangen Plastikschwert.

„Diese Ortsangaben sagen mir etwas, Frau Oliveira!"

„Mafalda! Sagen Sie bitte Mafalda! In Portugal reden sich die Leute alle nur mit dem Vornamen an, was ich einen schönen Brauch finde, Sie nicht auch?"

„Ich auch … Mafalda." Er musste sie unverwandt ansehen.

„Albufeira? Algarve? Waren Sie schon einmal hier?"

„Ich meine nicht die Algarve, wo ich übrigens noch nie war, ich meine den Prinzensteig und die Vordernbachalm."

„Ah, Sie kennen das! Aber Sie werden doch nicht sagen wollen, dass Sie den Prinzensteig schon einmal gemacht haben, Andreas!"

„Doch, vor noch nicht einmal einer Woche, weil ich wissen wollte, wo Gottfried zu Tode gekommen ist, und wie man von der Stelle zur Vordernbachalm kommt, wo er mit Ihnen verabredet war, wie Sie selbst zugegeben haben, Mafalda, und zwar am Tag seines Todes."

„Alle Achtung, Andreas! Das hätte ich Ihnen als urbanem, feinsinnigen Künstler gar nicht zugetraut! Aber ‚zugegeben' habe ich gar nichts, lieber Andreas, es besteht gar keine Veranlassung dazu, weil ich Ihnen doch von unserem Treffen dort oben erzählt habe. Ich kann die näheren Umstände dieser Verabredung auch gerne weiter ausführen, wenn Sie das wollen, denn es scheint ja wirklich die letzte Begegnung seines Lebens gewesen zu sein."

Andreas versuchte Spuren einer Anteilnahme in den auffällig wasserblauen Augen der ihm, wie es schien, wohlwollend gegenübersitzenden jungen Frau zu entdecken, was ihm nicht gelang, aber er spürte, wie er sie mit all seinen Sinnen als außergewöhnlich schön und faszinierend wahrzunehmen begann.

„Nur wer der Minne … Macht versagt …"

Mafalda sah ihn, ohne einen Lidschlag zu tun, an. „Was ist mit dem?"

„Nur der erzielt sich den Zauber, zum Reif zu zwingen das Gold."

„Das mag sicher stimmen …"

„Das war die Textstelle, die ich auf einer fotokopierten handschriftlichen Partiturseite von Richard Wagner neben einem Champagnerkorken unter dem Vorbau einer Jagdhütte auf der Vordernbachalm gefunden habe."

Sie beugte sich nach vorne, um ihr Glas aufzunehmen, und begann, leise und absolut rein, eine Melodie zu summen, die Andreas inzwischen in Fleisch und Blut übergegangen war:

„Bua, willst' auf'd Alma fahr'n, muaßt' di' fein guat verwahr'n! Dort, wo die Wand beim See, dort steigst auf'd Höh'…"

„Mafalda, Sie haben Gottfried mit diesem Lied auf einer Fotokarte der Reingoldbühne des Karajan-Rings für den Tag nach unserem Konzert auf die Vordernbachalm eingeladen!"

Sie nickte, umfasste ihre Knie mit beiden Armen und summte, ohne eine Spur von Irritation, wippend weiter.

„Mafalda, Sie haben Kronstein auf die Vordernbachalm gelockt, um ihn zu ermorden, weil er Sie entdeckt und entlarvt hat, weil Ihnen aufgrund seiner Recherchen klar geworden ist, dass Sie nicht länger leugnen konnten, die Rheingoldpartitur zu besitzen!"

„Nein!" Sie schnellte in die Höhe, bückte sich dann aber sofort in einer bewusst gewählten Verlangsamung nach ihrem Mantel.

„Und Sie sind verrückt! Genauso verrückt, wie Gottfried Kronstein es war!“

Ihre schwarz umhüllte, sportliche Gestalt mit den nackten Armen ging in blauroten Lichtfeldern auf, als sie bestimmt und ohne Hast die Bar verließ.

Andreas stocherte in der vor ihm auf einem buntbemalten dicken Keramikteller liegenden aufgeklappten Dorade herum, er bekam auch nach dem dritten Glas des moussierenden Vinho Verde keinen Bissen mehr von dem an der Hautseite angekohlten Fisch hinunter, er fühlte sich verloren an diesem langen, zwischen die zwei, das Gewölbe der Taverne tragenden Ziegelsäulen eingepassten schmalen Holztisch mit der lärmenden holländischen Reisegruppe in diesem in den porösen Felsen getriebenen Schankraum des Restaurants „A Ruina“, das seinen Namen zu Recht zu tragen schien, weil es hinter den Mauerresten der beim großen Erdbeben von 1755 zerstörten Zitadelle von Albufeira untergebracht war.

Auf einer weit ins bleiern schimmernde Meer reichenden Betonmole liefen Kinder hinter einem zotteligen schwarzen Hund her, der jetzt bellend am Ende der Plattform über einer sich kaum entrollenden Brandung verhielt. Andreas fragte sich wieder einmal, was ihn hierher getrieben hatte, in diesen grellen Touristenort an der Algarve, nachdem ihn Mafalda Oliveira aufgrund seines tölpelhaften Verhaltens vorgeführt und abserviert hatte wie einen Schulbuben, dem beim Anblick einer schönen Frau die Herrschaft über Sinn und Verstand abhanden gekommen war.

Das Signal für ein eingegangenes SMS in seiner Jackentasche empfand er als Erlösung.

<Bitte um Rückruf wg. Lissabon/LG Thomas Born>

Lissabon? Er konnte es kaum erwarten, den Soloklarinettisten Thomas Born, einen der beiden Vorstände des Orchesters, vor dem Restaurant unter der gusseisernen Pergola des ehemaligen Fischmarktes zurückzurufen.

„Hallo Andreas, wie geht's dir?"

„Was soll ich sagen? Schlecht!"

„Das hör ich aber gar nicht gern! Also fördert dein Grundeln nichts zu Tage?"

„Nein, nicht wirklich etwas."

„Dann lass es! Tauch wieder auf, entsteig dem Grundlsee und flieh dies unheilvolle Tal, wir brauchen dich nämlich dringend in Portugal!"

„Ich bin in Portugal."

„Wo bist du?"

„In Portugal, an der Algarve, in dem ehemaligen Fischerort Albufeira und setze mich gerade auf eine noch warme uralte Steinbrüstung zwei Meter über dem Strand, schaue aufs dunkler werdende Meer und höre dir zu …"

„Das gibt's doch nicht!"

„Doch, das gibt's! Willst du das Meer hören?"

Andreas streckte sein Telefon einige Sekunden gegen die durch die aufkommende Flut nun etwas wahrnehmbarer auf dem Sand zergehenden Wellen.

„Andreas! – Andreas!"

„Hörst du es?"

„Ehrlich gesagt, kaum! Aber warum in aller Welt …"

„Weil mich eine mehr als deutliche Spur in der Angelegenheit Kronstein hierher geführt hat."

„Dann musst du jetzt leider deine Spurensuche für ein paar Tage unterbrechen und zu Schubert und Mahler ins Hieronymus Kloster nach Lissabon kommen. – Harnoncourt verlangt dich!"

„Ich verstehe nicht ..."

„Andreas, das Konzert am siebzehnten September in Lissabon, im Hieronymus Kloster, wo wir schon einmal gespielt haben! Das im Frühjahr als zweites Europakonzert anlässlich des im Dezember in Kraft tretenden Lissabon-Vertrages auf ausdrücklichen Wunsch der Kanzlerin eingeschoben wurde, weil der Vertrag in diesem Kloster vor zwei Jahren unterzeichnet worden ist ...! Von diesem Konzert hast du dich am letzten Dienstag beurlauben lassen ...! Klick?"

„Das dirigiert Harnoncourt?"

Andreas spielte besonders gerne unter Nikolaus Harnoncourt, diesem für ihn wichtigsten musikalischen Impulsgeber, der seit mehr als dreißig Jahren durch seine radikalen, auf genauem Quellenstudium beruhenden Interpretationen das gesamte Musikleben veränderte und neu definierte.

„Ja! Vierte Schubert, Erste Mahler, typisches Harnoncourt-Programm! Und er würde dich gerne wieder am ersten Pult haben, wie voriges Jahr im November in der Philharmonie! – Andreas!"

Rothmanns Blicke waren zu dem schwarzen Hund gewandert, der vom vordersten Rand des Betonsteges wieder und wieder das offene Meer ankläffte, vielleicht auch die am Horizont aufblinkenden Lampen der Fischerboote, nur dass jetzt die atemlose Jagd des vierten Satzes von Schuberts C-Moll-Symphonie mit ihren wechselweise von allen Instrumenten ausgestoßenen Klagerufen vom Gebell dieses Zerberus in die Schwärze einer plötzlich hereingebrochenen Nacht gehetzt zu werden schien.

„Andreas! – Andreas, können wir mit dir rechnen? Das ganze Orchester bittet dich! Und du bist doch quasi schon vor Ort!"

„Ja! Ist doch selbstverständlich, Thomas!"

„Prima! Danke! Wir fliegen am Dienstagvormittag. Dienstagabend und Mittwoch sind Proben, Donnerstagvormittag Generalprobe, abends Konzert."

„Gut!"

Das zweite kratzende Auslösergeräusch eines Mobiltelefons ließ ihn sich nach einem dunkelhaarigen Mann seines Alters umdrehen, der, seitlich an eine der Gusseisensäulen gelehnt, offensichtlich darum bemüht war, die Szene auf der Mole mit seinem iPhone festzuhalten. Der in seiner Absicht Entdeckte quittierte Andreas' Blick mit einem Lächeln.

„Andreas?"

„Ja?"

„Entschuldige bitte, aber hast du dein Röhrl dabei?"

„Was glaubst du, Thomas?"

„Ok, war 'ne blöde Frage! Aber du weißt selbst, dass es auch Kollegen gibt, die ohne ihr Instrument verreisen."

„Ja, weiß ich."

„Also bis Dienstagabend, Andreas! Und mir kommt vor, du vergisst die ganze Kronstein-Sache am besten!"

„Vielleicht hast Du recht, Thomas …"

„In diesem Sinne mit Sarastro aus der ‚Zauberflöte': ‚Steh' auf, erheit're dich, oh Lieber!'"

„Danke Thomas, ich werd' mir Mühe geben! Bis Dienstag!"

Andreas wollte gerade das Mundstück in seine geliebte, noch im smaragdgrün ausgeschlagenen Koffer auf dem runden weißen Plastiktisch des von einem Salzhauch umwehten Balkons der Pension „Frentomar" liegende Buffet-Crampon-Oboe drehen, als ihn das Klingeln seines Mobiltelefons zurück in das unbeleuchtete Zimmer rief. Ohne aufs Display zu schauen, nahm er den Anruf mit „Ja bitte", an.

„Hallo Andreas, wie geht's dir?", hörte er die Stimme von Josef Perner ein wenig besorgt fragen.

„Die gleiche Frage habe ich vor etwa einer Stunde wahrheitsgemäß mit ‚schlecht' beantwortet, Josef!"

„Warum?"

„Weil ich wahrscheinlich nicht mehr weiter komme. Ich habe die Dame zwar gefunden, auch schon mir ihr gesprochen, aber mich so völlig idiotisch benommen, dass sie jetzt, mit Recht muss ich zugeben, blockt. Und diese Blockade wird sie wohl für alle Zeiten aufrechterhalten; sie wär' ja auch blöd, wenn sie's nicht täte!"

Armer Kerl! Dann lass es und komm zurück!"

„Ich bekomme heute permanent die gleichen Ratschläge …", antwortete der Musiker, öffnete den kniehohen Kühlschrank neben der offenen Balkontür und entnahm ihm eine Viertelliterflasche Portwein, deren Metallverschluss er aufdrehte, nachdem er das Telefon mit der linken Schulter gegen sein Ohr gedrückt hatte.

„… aber zurückfliegen kann ich auch nicht, weil wir in vier Tagen ein Konzert in Lissabon haben!"

„Dann bist du wenigstens nicht umsonst hinuntergeflogen. Weißt du was, du genießt jetzt zwei Tage lang das Meer, schaust dir Lissabon an oder den Palast von Sintra, spielst dein Konzert und kommst einfach mit den anderen zurück nach Berlin."

Andreas war wieder hinausgetreten und lehnte sich gegen die gemauerte Brüstung.

„Josef, das kann's doch nicht gewesen sein!"

„Wieso nicht? Du hast getan, was du tun konntest, mehr als jeder andere getan hätte! Und vielleicht versuchst du doch, mit deinen Verdachtsmomenten die Polizei noch einmal für die Sache zu interessieren, wenn du wieder da bist!"

Rothmann hatte sich zurückgelehnt, um einen großen Schluck aus der Flasche zu nehmen, dabei sah er hinüber zum Oliveira'schen Haus, dessen gesamter erster Stock beleuchtet war.

„Andreas?"

„Ja?"

„Ich soll dich übrigens von Godehard grüßen, der sich gestern nach dir erkundigt hat …"

„Von wem?"

„Von Godehard Palgartner! Du weißt doch, der Priesterkollege aus Rom, der die ganze Sache mitgekriegt hat, weil er bei mir war, als du Mittwochnacht angerufen hast. Ich habe ihm von der heißen Oliveira-Spur erzählt, die du in Albufeira verfolgst; er lässt dir unbekannterweise viel Erfolg wünschen!“

„Vielen Dank, unbekannterweise! Du kannst ihm ja ausrichten, dass er für die Aufklärung des Mordes am armen Kronstein beten soll, wenn er von Rom aus über einen besseren Draht nach oben verfügt als du von Niederbayern aus!“

„Zynismus hilft jetzt auch nicht weiter, Andreas! – Was spielt ihr denn?“

„‚Tragische‘ von Schubert und Erste Mahler!“

„Toll! Unter wem?“

„Harnoncourt.“

„Fantastisch! Es gibt sicher keinen, der die Verbindung zwischen Mahler und Schubert besser herausarbeiten kann als er!“

„Du sagst es!“

„Vielleicht flieg’ ich einfach hin! Wann, sagst du, ist das Konzert?“

„Donnerstag, zwanzig Uhr, Hieronymus-Kloster, im Stadtteil Belém.“

„Glaubst du, du kannst …“

„Klar, Josef, immer, dass weißt du doch!“

„Dank dir, Andreas! Also dann schau ma’ mal! Du hörst von mir!“

<Folgen Sie mir ans Ende der Welt? 8:30 Mafalda>

Rothmann starrte auf das Display seines Handy, dessen SMS-Signal ihn überlaut, wie ihm schien, aus seinem flachen Schlaf gerissen hatte. In einem Zimmer unter ihm ging, unterbrochen von langen Pausen, der rasselnde Atem eines Schnarchenden, es war zwei Uhr achtzehn. Er schob sich durch den Baumwollvorhang auf den Balkon, um das Haus Oliveira zu sehen, das dunkel gegen den reflektierenden Nachthimmel über dem Küstenort stand, aus der Stille vermeinte er eine synkopierte Brandung wahrzunehmen.

Sagres

„Und was Sie da vorne sehen, das ist der Leuchtturm des Cabo de São Vicente, der westlichste Punkt von Europa. Das war einmal das Ende der Welt!"

Sie waren drei Stunden auf einer Landstraße parallel zum Küstenverlauf durch unzählige Orte, aufgehalten von doppelt so vielen Kreisverkehrsinseln, vorbei an den Hafenstädten Portimão und Lagos gefahren, ehe Mafaldas silbergrauer Golf durch eine schütter mit Ginster bewachsene, meist aber kahle Steinhügellandschaft glitt, die Andreas an mittelalterliche Darstellungen von uralten Heer- oder Pilgerwegen erinnerte, und hatten kaum ein Wort miteinander gesprochen. Außer Mafalda Oliveiras Hinweisen auf berühmte Badeorte und Strände wie Carvoeiro, Ferragudo, Praia da Rocha, Ponta da Piedade, Praia da Luz war im Inneren des Wagens nichts als das Pfeifen des Windes durch die wegen des sommerlich heißen Tages halb geöffneten getönten Scheiben zu hören, das sich verstärkte, als sie sich durch zitternde, violette, nelkenförmige Strohblumeninseln auf einem gewaltigen, fast tafelebenen in den Atlantik ragenden Felsplateau dem rotbehelmten Turm näherten.

„‚Das Cap Cinetico, getaucht in Sternenlicht, ragt auf zu stolzer Höhe. Äußerster Punkt des reichen Europa erhebt es sich aus den salzigen Fluten des von Ungeheuern bevölkerten Meeres', warnt schon Avenius vor zweitausend Jahren! Also passen Sie auf Andreas, dass Sie nicht hinunterstürzen! Siebzig Meter würden auch Sie nicht überleben, seit dem wir wissen, dass schon zehn genügen!", rief ihm die junge Frau nach, als er sich auf den Rand der zerschrundeten Felsenplatte zubewegte, während sie ihren Wagen absperrte und auf das Tor zu jenem Kloster zuging, aus dessen ehemaligem Altarraum der runde Lichtturm gegen das unendliche Blau jenes Septemberhimmels wuchs.

Auf den ersten gewendelten Steinstufen des mit karamellfarbigen Fliesen gekachelten Treppenschachtes hatte er sie eingeholt.

„Warum sind wir hier?"

„Weil ich Ihnen die Grenze einer Welt zeigen will, den letzten Punkt vor dem Nichts, in das die Menschen noch immer, Nacht für Nacht, mit ihren Strahlenfingern greifen, die Lächerlichkeit von neunzigtausend Metern weit!"

Er hatte Mühe, ihr zu folgen, so schnell schraubte sie sich in ihrer tomatenroten, über der schmalen Fessel seitlich geschlitzten Caprihose, die unter einer, den Schwung ihrer rehbraunen Taille umspielenden, elfenbeinschimmernden Leinenbluse endete, vorbei an kleinen, mit petrolfarbenem Ölanstrich vor der Feuchtigkeit versiegelten Zimmern, die mit Waschbecken, Laptops und tickenden Erdbeben- und Gezeitenmeldern auf gründerzeitlichen Schreibtischen ausgestattet waren, nach oben in die kristallfunkelnde Lukarne dieses glasummantelten Lichttabernakels am Rand der Unendlichkeit.

„Barbier & Bernard, Constructeurs, 82, Rue Curial, 82, Paris, 1908" las er auf dem maiwiesengrün gestrichenen, buchenstammdicken Eisenstativ, in dem sich eine von ringförmigen Kristallprismen umgebene, sicherlich vier Meter hohe Gürtellinse um eine riesige Dreitausend-

Watt-Birne drehen konnte, angetrieben von messinggoldenen Gewichten, die an baumlangen Ketten aus armstarken Gliedern hingen wie in einer gigantischen Standuhr.

„Was hat das alles mit …“

Er fühlte ihren Zeige- und Mittelfinger auf seinen Lippen, umfasste ihr schmales Handgelenk und küsste die Innenseite ihrer Hand, worauf sie ihn durch das einzige geöffnete Glassegment auf den kaum meterbreiten, von einem rot gestrichenen Eisenkäfig geschützten Umgang über der tosenden Verwerfung zweier Ozeane zog.

Andreas war es, als müsste er sich an Mafaldas Arm festhalten, um nicht von diesem Brückenkopf zu stürzen, der da über den Rand einer Welt zu ragen schien. Das Land unter ihnen war geformt wie eine von Schrunden durchzogene Hand, deren Finger Stück für Stück, Glied um Glied von Stürmen und Meeren abgenagt worden waren, bis nur noch der Handteller übrig war, an dem die Wasser weiterlecken und weiterfressen, unersättlich, als solle alles Land, und mit diesem alles, was darauf gedacht, gestellt, geschaffen wurde, vertilgt werden, getilgt vom Rhythmus, vom großen Atem der Natur. Rundum von Bläuen umgeben, die verschwimmen, nach oben, nach unten. Es gab kein Oben, kein Unten auf dieser ausgestreckten fingerlosen Hand, die an ihrer Unterseite längst von unzähligen Grotten durchhöhlt war, in denen das Meer schreit, stöhnt, brüllt, dunkel rufend klagt, und dann und wann im Wechsel der Gezeiten Fontänen gegen den Himmel schießt, als ächzten tausend Wale unter einer viel zu großen Last. Regenbogen, zwei, drei, in Richtung Afrika, Meerluft und Wind.

Plötzlich sah er unten Mafalda den weiß getünchten ehemaligen Kreuzgang queren, er hatte nicht bemerkt, wie sie seine Hand von ihrem Arm gelöst und um eine der roten Eisenstangen gelegt hatte.

Auf dem geschotterten Parkplatz erreichte er sie; sie hatte ihren Wagen aufgesperrt und war dabei, ihren schwarzen Trenchcoat anzuziehen.

„Wollten Sie mich hier lassen, verbrennen auf der Linse der Riesenlampe wie ein besinnungsloses Insekt?"

„Steigen Sie ein, ich zeige Ihnen die Treppe, die hinunter führt!"

„Wohin hinunter?"

„Hinunter zum Meer!"

„Wie von der Vordernbachalm hinunter zum Toplitzsee?"

Sie startete den Wagen.

„Etwa so, nur wesentlich bequemer."

Als sie über dem felsigen Handteller auf die Ruinen einer zerstörten Festungsanlage zufuhren, fragte sich Rothmann beim Anblick des in blanke Steine gefügten, von zerklüfteten Mauerresten umflügelten, nichts als Horizont und Meerlinie ausschneidenden Tores, ob die neben ihm sitzende, heiter einen alten Text vor sich hin betende Todesgöttin es wirklich wagen würde, seinem Leben auf ähnliche Weise ein Ende zu setzen wie dem von Gottfried Kronstein, vor allem aber begann es ihn zu interessieren, wie sie dies zu bewerkstelligen gedachte.

„‚Furcht gebieten die mächtigen Felsen, dem Gott der Titanen, Saturn, geweiht. Am Fuße aber des sich in die Fernen dehnenden Weltrands kocht das schäumende Meer.'"

Hinter dem Tor führte ein aus dem nackten Felsen gehauener, zwei Menschen nebeneinander Platz bietender Abgang, dessen Ende der Steilheit wegen nicht zu erkennen war, Stufe für Stufe hinunter zum smaragdgrün aufglänzenden Atlantik, der an den Rändern einer schier endlos weit ausgreifenden Bucht zerstob, den domhohen Felsblock des Festlands mit schiffslangen Gischtfontänen übersprühend.

„Alles, was jemals hier stand, hinter uns das Vinzenzkloster, dort drüben die Festung von Sagres mit dem berühmten mittelalterlichen nautischen Zentrum Heinrichs des Seefahrers, in unserem Rücken das Kastell von Beliche, wurde zwei Mal zerstört, einmal 1587 von Francis Drake, der die gesamte portugiesische Küste im Auftrag seiner Königin Elisabeth verwüstet hat, um dem Rivalen Philipp II. jeden möglichen Stützpunkt für seine Armada zu rauben, das zweite Mal vom großen Erdbeben von 1755, das mit seiner Flutwelle große Teile von Portugal dem Erdboden gleichgemacht hat, auch Lissabon."

Sie sprang über mehrere der tiefen Felsenstufen, um sich an eine der unzähligen, in den Steinboden getriebenen Eisenstangen zu lehnen, deren leere, zu Ösen geschmiedete Enterhaken das Ankertau eines Ozeanriesen als Geländer hätten führen können.

„Geblieben ist nur diese Treppe hinab zur Bucht!", rief sie und stieg in einer langsameren Bewegung hinunter, bis sie mit einer Biegung des Weges dem Meer zu verschwand.

Der Autoschlüssel steckt … einfach weg! Nach Albufeira zurück, packen und ab nach Lissabon! Von dem Konzert weiß sie nichts, sie wird sich schon zu helfen wissen, dachte Andreas und ging ihr aber vorsichtig nach, Stufe für Stufe, sah sie auf der letzten sitzen, vornübergebeugt, eine schmale schwarze Gestalt über dem funkelnden Abgrund, die mit der hohl glucksenden Brandung zu reden schien. Er ließ sich neben ihr nieder und berührte ihre Schulter, worauf sie sich aufrichtete, zu ihm wandte, und ihn mit einer entwaffnenden Offenheit ansah. Dann nahm er unendlich langsam ihren Kopf in seine beiden Hände, um seine kaum geöffneten Lippen auf die ihren zu legen und schloss die Augen. Er fühlte, wie sie seinem leisen Druck stand hielt, ihn erwiderte, halb ihre Lippen öffnete und einen Kuss entstehen ließ, der hinter seinen Lidern einen Feuertanz entfachte, der eine halbe Ewigkeit lang zu flackern schien.

„Meine Liebe ist so tief wie die Bucht von Portugal“, flüsterte sie und wies mit einer lässigen, das Gesagte relativierenden Geste auf die das Weltmeer umarmende Felsformation der südlichen Halbinsel von Sagres. Andreas hob, geblendet von der frontal sie umschließenden Sonne seine linke Hand als Schirm über die Augen, um sie ansehen zu können.

„Tja, Francis Drakes Bericht von diesem Flecken der Erde muss seinen Freund Shakespeare so sehr fasziniert haben, dass er ihn seiner kühnen Rosalind in ‚Wie es Euch gefällt‘ als Metapher für die Tiefe ihrer Liebe in den Mund gelegt hat!“

Mafalda war aufgestanden, um, mit der Rechten ihre Augen schützend, besser aufs offene Meer hinausschauen zu können. Andreas stellte sich einen porösen Felsvorsprung tiefer vor sie, umschloss unter der Leinenbluse ihre schmalen Hüften, erfühlte deren Wölbung bis zum Taillenbogen ihrer Wirbelsäule, der er, einen zarten Flaum unter seinen flachen Händen spürend, folgte bis zu den Schulterblättern, auf denen er verhielt. Er lehnte seinen Kopf gegen ihre Brust, als wollte er das Pochen ihres Herzens hören, worauf Mafalda ihre Hände ohne Scheu auf seine Schultern legte. Als er ihren Büstenhalter zu öffnen versuchte, gab der Vorsprung unter ihm nach, sodass er auf der abfallenden Gesteinsplatte abrutschte und in eine Welle glitt, die sich eben jetzt mit unvermuteter Wucht unter den Felsen gehoben hatte und ihn mit sich ins offene Meer riss. Als er nach etwa fünfzig Metern wieder an die Oberfläche kam, sah er Mafalda aufgestützt wie einen Panther, der zum Sprung angesetzt hatte, auf der untersten Treppenstufe knien und ihn fixieren. Ihr Haar hatte sich gelöst und flatterte um ihren Kopf. Er versuchte, irgendetwas in ihrem starren Blick zu lesen, was ihm nicht gelang, also hob er die rechte Hand, worauf sie sich flach auf den Stein legte und ihm langsam ihren Arm entgegenstreckte. Er wollte unter den Vorsprung schwimmen, wurde aber von einer neu anrollenden Welle aufgenommen und gegen die von der Brandung zerfressene senkrechte Wand geschleudert, in der er nach einem der scharfen Zacken griff, um sich daran festzuklammern, was in der sich überschlagenden Gischt nicht möglich war. Im Fortgerissenwerden versuchte er sich mit aller Kraft nach der hingehaltenen Hand zu strecken, verfehlte sie jedoch um eine ganze Körperlänge, die zurückrollende Welle stürzte über ihm zusammen, drückte ihn mit aller Gewalt in die Tiefe und zog ihn über ein von messerscharfen Kanten durchfurchtes Riff wieder hinaus in die offene See, aus der er nur mit äußerster Mühe aufzutauchen vermochte. Durch einen Salzschleier sah er Mafalda Oliveiras schwarze Gestalt auf der Klippe stehen. Er schraubte sich mit panischen Schwimmbewegungen um die eigene Achse, um irgendeine Stelle in der Bucht zu erkennen, die ihm die Möglichkeit bot, der anwachsenden Flut zu entkommen. Nichts als zerklüftete überhängende Felswände, von denen die Kaskaden der immer stärker werdenden Wellen niederstürzten.

Das ist das Ende! Das Ende!, pochte es in seinem Kopf. *So geht das! So macht sie das!*

Als er sich kaum mehr über Wasser halten konnte, nahm er oben, am Beginn der endlosen Treppe, einen Mann wahr, der sich auf Mafalda zubewegte, viel zu langsam, wie ihm schien. Dann standen beide auf der Felsplatte und winkten ihm zu, er begann um sein Leben zu schwimmen. Plötzlich sah er über sich den schwarzen Mantel, den ihm die von der Hüfte abwärts hängende Mafalda hinhielt. Einige Sekunden wartete er, bis ihn eine neue Welle aufnahm, wild strampelnd brachte er seinen Oberkörper aus dem sich wölbenden Wasserrücken, griff mit letzter Anstrengung nach dem Stoff und spürte, wie er durch den zurückschießenden Wasserkamm Zentimeter für Zentimeter emporgezogen wurde, bis er nach dem Klippenrand greifen konnte, über den ihn vier Arme auf den rettenden Felsen schleiften.

Er fühlte, dass er umgedreht wurde und sah über einen nackten Oberkörper in das fein geschnittene Gesicht eines dunkelhaarigen Mannes, den er trotz des Gegenlichtes zu erkennen glaubte, dann spürte er Mafaldas Haare über seine Wangen streichen.

„Da drüben in der Surferbucht gibt's ein Sportgeschäft, wo ich etwas zum Anziehen für dich hole. Ich bin gleich wieder da!"

Als er sich mühsam aufrichtete, sah er neben sich zwei hellblaue Stofffetzen liegen, die der Mann aufhob und ihm hinhielt. Andreas griff unwillkürlich danach. Jetzt erst merkte er, dass er an beiden Händen blutete.

„Sie sollten das nasse Zeug ausziehen! Kommen Sie, ich helfen Ihnen!" Er schälte ihn vorsichtig aus der triefenden Baumwollwindjacke, zog ihm das am Körper klebende langärmelige Polohemd über den Kopf, um es durch einen kamelhaarfarbenen Kaschmirpullover zu ersetzen, dessen Ärmel er so aufhielt, dass Andreas bequem hineinschlüpfen konnte, ohne das sofort wärmende Kleidungsstücke mit Blut zu betropfen.

„Am Wasser ist es immer frischer als man glaubt!"

„Und Sie?"

„Ich war ja nicht schwimmen!", lachte der Mann mit dem offensichtlich durchtrainierten, aber schlanken Körper, ging in die Hocke, streifte ihm Schuhe und Strümpfe von den Füßen, leerte das Wasser aus den rehbraunen Hogans, drückte die Socken aus, breitete sie über die nächsthöhere Stufe und setzte sich neben Andreas.

„Sie haben mir das Leben gerettet!"

„Wenn, dann haben wir Ihnen das Leben gerettet!"

„Wie – haben Sie das geschafft? Es war doch aussichtslos!"

„Die Stoffstücke, die Sie da in den Händen halten, waren einmal mein Hemd. Wir haben es auseinandergerissen, Ihre Frau hat sich auf den Bauch gelegt, ich habe mich hinter sie gesetzt, meine Füße oberhalb der Knöchel mit den Stofffetzen an die ihren gebunden, so, dass meine Fersen noch den Boden berührten, und als Sie das Seil, will sagen den rettenden Mantel, packen konnten, habe ich mich rückwärts bewegt, mit den Absätzen Druck gegeben, die Hände, die Ellbogen eingesetzt, um die Beine durchdrücken zu können, und so haben wir Stück für Stück an Boden gewonnen. Abrutschen hätten wir nicht dürfen! Ihre bezaubernde Frau war Hebel und Rettungstau zugleich, ich nur die ächzende Maschine, die sich wie ein Bandoneon kontrahiert und auseinandergezogen hat, nur zu einem Tango hat's leider nicht gereicht. Ihre tapfere Frau hat sich dabei fürchterlich die schöne Bauchpartie aufgeschürft!"

„Ich kann Ihnen nur danken, unendlich danken! Aber Mafalda Oliveira ist nicht meine Frau."

„Mafalda Oliveira! Was für ein eleganter Name! Aber vielleicht wird sie es ja noch, nach dem Erlebnis! Lassen Sie sich so eine mutige Frau nicht entgehen, Herr …"

„Rothmann, Andreas Rothmann."

„… Herr Rothmann, sie scheint Sie nämlich sehr gern zu haben, und außerdem passen Sie ausnehmend gut zusammen, wenn ich mir aufgrund unseres gemeinsam bestandenen Abenteuers die Bemerkung erlauben darf …"

Andreas hatte die Hemdteile vorsichtig aus seinen Händen gleiten lassen, um nach der Blutung zu sehen, die bis auf einen Schnitt im linken Handballen gestillt war. Er nahm eines der Stoffstücke wieder auf, um sich einen Verband zu machen, dabei fiel sein Blick auf ein eingesticktes Monogramm.

„Sie dürfen, nein, Sie müssen sich jede Bemerkung erlauben, Herr G.P., schon gar wenn Sie Ihre kostbaren Maßhemden opfern, um einem armen Oboenspieler das Leben zu retten!"

„Sie sind Musiker! Ich habe mir gleich gedacht, dass Sie etwas Besonderes sind, Sie und diese wunderschöne Frau mit dem Namen Mafalda!"

Er hatte schnell die Hand Rothmanns zu sich gezogen um sie zu verbinden.

„Ah, ja, da steht's ja, G.P. – Entschuldigen Sie Andreas, dass ich mich nicht gleich vorgestellt habe, ich heiße Gabriel Pausinger, bin Anwalt für Wirtschaftsfragen und lebe mit meiner Familie in Innsbruck."

„Ich kann Ihnen nur danken, nochmals danken, Herr … Doktor?"

Godehard Palgartner nickte und hob dabei lächelnd die Schultern, um den Doktortitel zu relativieren.

„… Herr Doktor Pausinger, aber es muss doch irgendeine Möglichkeit geben, mich erkenntlich zu zeigen!"

„Nennen Sie mich einfach Gabriel, Andreas. Beim Bergsteigen ist man ab tausendfünfhundert Metern sogar per Du, und wir waren doch auch eine kleine Seilschaft, zwar nur auf plus minus Null, aber doch bei einem Schwierigkeitsgrad von sechs oder sieben, würd' ich meinen."

Andreas musste kopfschüttelnd lachen, als sich Palgartner mit weit ausgreifender Geste eine geschwungene Persol-Sonnenbrille aufsetzte, die er aus einer Steinvertiefung genommen hatte.

„Kann es sein, dass ich Sie gestern Abend beim alten Fischmarkt vor dem ‚Ruina' gesehen habe, Gabriel?"

Palgartner schob die Sonnenbrille über die Stirn in seine zurückfrisierten gewellten, ein wenig gegelten dunkelbraunen Haare, als wolle er sich Andreas besser präsentieren, rief aber aus: „Ja, natürlich haben Sie mich gesehen, Andreas, und ich Sie auch! Sie saßen vorne auf der alten Steinmauer und haben sehr angelegentlich telefoniert!"

„Mit meinem Orchestervorstand. Wir haben nämlich am Donnerstag ein Konzert in Lissabon."

„Wer ist wir?"

„Die Berliner Philharmoniker."

„Nein! Sie sind Oboist bei den Berliner Philharmonikern! Das ist ja toll! Man sollte sich eben öfter bei der Bucht von Sagres aufhalten, die werden dort nämlich angeschwemmt wie der Leichnam des heiligen Vinzenz in einem kleinen Schiff, geleitet von zwei Raben! Davon hat das Kap dort drüben seinen Namen, von dem Kloster, das sie ihm zu Ehren dort errichtet haben, ganz Europa soll dahin gepilgert sein, zum Cabo de São Vicente … Der Vinzenz ist weg, wurde zum Nationalheiligen von Portugal, aber dafür gibt's dort jetzt einen sagenhaften Leuchtturm, den ich gern einmal besichtigen würde."

„Ich war heute Mittag mit Mafalda dort, sehr beeindruckend! Aber woher wissen Sie das alles, Gabriel?"

Palgartner setzte seine Brille wieder vor die Augen.

„Habe ich alles brav gelernt in den letzten Tagen, damit ich weiß, wo ich bin, wenn ich meine Ausflüge mache, und damit ich vor meiner Frau ein bissl angeben kann, wenn sie mitkommt."

„Wo ist Ihre Frau, Gabriel, wenn ich fragen darf?"

„Dürfen Sie immer Andreas! Einkaufen ist sie mit dem befreundeten Ehepaar, mit dem wir hier sind, im Algarve-Shopping in Guia. Sie suchen Mitbringsel für deren kleine Kinder. Ich wollte da lieber auf den Spuren Heinrichs des Seefahrers wandeln. – Sagen Sie, was ist das für ein Konzert, das Sie in Lissabon spielen?"

„Vierte Schubert und Erste Mahler, unter Harnoncourt."

„Das hört sich ja phantastisch an!"

„Das müssen wir erst sehen, hat aber gute Chancen. Wollen Sie kommen, mit Ihren Freunden, am Donnerstag?"

„Das ist sehr lieb von Ihnen, Andreas! Danke! Aber Mittwoch geht leider schon unser Flug nach Wien, leider über Palma de Mallorca, aber was soll man machen! Aber sonst immer, wahnsinnig gerne!"

„Bitte, Gabriel, machen Sie es wirklich, Sie sind bis an mein Lebensende auf alle Konzerte der Berliner Philharmoniker eingeladen, ganz gleich wo wir spielen, aber besonders natürlich in Berlin und Salzburg!"

„Was ist in Berlin und Salzburg?"

Die beiden Männer wandten sich nach Mafalda um, die wegen der ständig lauter werdenden Brandung unhörbar hinter sie getreten war, in jeder Hand eine große bunte Plastiktüte mit den Aufdrucken „Quiksilver" und „Blanc Bleu".

„In Berlin und Salzburg werden wir uns wiedersehen, Andreas, und ich hoffe sehr, auch Sie, Senhora Doutora Mafalda."

Mafalda sah fragend zu Andreas, der bei ihrem Anblick feststellte, dass ihre rote Caprihose einen langen Riss auf dem rechten Oberschenkel hatte und ihre Leinenbluse zerfetzt und ohne Knöpfe war, was sie mit einem rotgelben Hermèstuch, das sie sich wie eine Piratin um die Taille geschlungen hatte, zu kaschieren wusste.

„Wir haben uns eingehend unterhalten, während du weg warst, dabei habe ich Dr. Gabriel Pausinger natürlich auch von dir erzählt, er musste doch wissen, mit wem er ein so effektives Rettungsteam gebildet hat", erwiderte Andreas den Blick, ohne sich erinnern zu können, Gabriel gegenüber Mafaldas Doktortitel erwähnt zu haben.

„Dann kannst du deinem Retter gleich seinen Pullover zurückgeben und dir frische, und vor allem trockene Sachen anziehen."

Sie setzte die Tüten ab und stellte sich mit „Ich hoffe, meine Vorstellungen von dir als luftigem Sommergast an der Algarve decken sich mit den deinen, vor allem was deine Schuhgröße betrifft!", vor die Männer.

„Ich muss schon sagen, dass Sie Ihrem Namen alle Ehre machen! Dann wenn Sie nicht wie der Erzengel vom Berg Tabor herabgeschwebt wären, Gabriel, könnten wir uns jetzt weder für Berlin, noch für Salzburg verabreden … Apropos, wollen Sie mit uns im Haus meiner

Großmutter in Albufeira zu Abend essen? Ob wir Sie mitnehmen können erübrigt sich, weil ich Ihren Mietwagen oben gesehen habe.“

Sie hatte sich neben Palgartner auf Andreas Platz gesetzt, der hinter den fast wie Geschwister Wirkenden seine Kleider wechselte, nachdem er Gabriels Pullover, den der vermeintliche Erzengel jetzt sehr elegant überstreifte, mit einem „Vielen Dank!“ zurückgegeben hatte.

„Ich habe zu danken, Mafalda, aber ich kann leider nicht, so gern ich auch wollte! Es ist eh schon spät und ich muss meine Frau und meine Freunde aus Guia abholen und nach Caldás bringen, wo wir alle vier noch unser tägliches abendliches Wellnessprogramm zu absolvieren haben. Baden, Massagen und Heilwasser trinken wie Beethoven in Döbling, nur dass der Ort dort oben mit seinem restaurierten Jahrhundertwendeschick mehr an Tschechows Yalta erinnert als an den Pfarrplatz von Heiligenstadt.“

„Schade! Also Adressen austauschen!“

„Unbedingt!“, rief Andreas dazwischen, als er eine bequem geschnittene graphitgraue Leinenhose mittels eines leinenen Tunnelbandes über seinen Hüften festzurrte.

„Ich hab gar nichts da, aber ich schick Ihnen gerne meine gesamten Daten, an welche Adresse bitte?“

„oliveira–albufeira@sapo.pt“

„Wie poetisch!“

„Und den luftigen algarvianischen Sommergast können Sie auf der Homepage der Berliner Philharmoniker finden, falls Sie sich den Unglücksraben Andreas Rothmann überhaupt merken wollen!“, präsentierte sich Andreas in einem cognacfarbenen, aus dicken Baumwollfäden locker gestrickten Rundausschnitt-Pullover über der grauen Leinenhose, die ein wenig zu lang für die pantoffelartigen, hanfgeränderten dunkelblauen Segeltuch-Espadrilles waren, auf jener Felsenplatte, von der er vor noch nicht zwei Stunden ins Meer gestürzt war.

„Verachten Sie die Raben nicht, Andreas, Sie haben immerhin den São Vicente von Saragossa hierher an dieses Kap geleitet, das schon die Araber ‚Tarf el Gorab', das ‚Kap der Raben' nannten!"

Palgartner erhob sich, nahm seine Sonnenbrille ab, umarmte zuerst Andreas, dann Mafalda, die er einen Atemzug lang an sich drückte und auf beide Wangen küsste, ehe er, ein hellblaues Stoffband in seiner Linken, über die unregelmäßigen Felsenstufen rasch an Höhe gewann. Vor der Haarnadelbiegung wandte er sich noch einmal zurück und rief dem ihm nachsehenden Paar zu „Und nicht vergessen, Andreas, die Anfangsbuchstaben meines Namens liegen in Ihrer Hand!", worauf er in der Felsenpyramide verschwand.

„Ich finde, wir sollten es noch einmal versuchen", rief Mafalda in den stärker werdenden Westwind, hüllte sich in ihren schwarzen Mantel und stellte sich, mit dem Rücken zur offenen See, vor Andreas. Sie nahm seinen Kopf in ihre Hände, zog ihn über ihr Gesicht, strich mit beiden Daumen über seine Stirn, küsste ihn, lehnte sich in seine Arme und wäre beinahe kopfüber rückwärts ins Meer gestürzt, hätte sie Andreas nicht, mit einem schnellen Schritt ihrer Bewegung folgend, festgehalten.

Godehard Palgartner fuhr über die erst vor wenigen Jahren eröffnete A22 zurück nach Albufeira, stellte seinen Ford Sierra, den er, am gestrigen Morgen von Rom ankommend, im Lissaboner Flughafen Portela für eine Woche gemietet und bezahlt hatte, in der Parkgarage der Avenida 25 de Abril ab, versorgte sich in einem Feinkostgeschäft an der Porta do Norte mit weißem Brot, Schafkäse aus dem Alentejo, Pfirsichen, etwas Serrano-Schinken und einer Flasche Reserva „Marquês de Borba", und zog sich in sein Balkonzimmer des Hotels „Rocamar" zurück, das nur durch eine Feuermauer vom Garten des Hauses Oliveira getrennt war, der sowohl ebenerdig als auch über eine an jene Mauer gebaute Freitreppe zu betreten war.

Albufeira

Andreas hängte seine nassen Sachen, die er in die leeren Einkaufstüten gepackte hatte, über die weißen Plastiksessel seines Balkons, dabei fielen ihm sein vom Kondenswasser blind gewordenes Mobiltelefon, zusammenklebende Geldscheine, seine kleine Münzbörse und sein jetzt dunkelbraun verfärbtes Lederetui, in dem er Notizzettel, Bankomat- und Kreditkarten mit sich führte, in die Hände. Mit diesen Gegenständen ging er wieder hinein und breitete sie auf dem kleinen Holztisch an der Wand gegenüber den durch einen dunkelblauen Baumwollläufer getrennten Betten aus, öffnete sein Handy, entnahm ihm den Akku und klopfte an die schmale Badezimmertüre, um ein Handtuch zu holen.

„Du kannst gern hereinkommen, wenn dich vor einer ramponierten Frau nicht graust!"

Mafalda stand nackt vor dem Spiegel und tupfte mit ihrer Bluse, die sie immer wieder unter eine kleine Ginflasche aus der Minibar hielt, über strahlenförmige Schürfwunden, die über ihren kastanienfarbenen Schamhaaren begannen und sich bis in die untere Hälfte ihres Busens zogen, der Andreas mit plötzlich heftig schlagendem Herzen an die Büste der Artemis von Ephesos denken ließ, die sich, ihr Gewand um die Hüfte schnürend, erschrocken nach dem sie beim Baden überraschenden Akteon umwendet. Auf die über dem Waschbeckenrand hängende Caprihose und ihre hautfarbene Unterwäsche hatte sie die rot durchsetzten Mullbinden aus dem Verbandskasten ihres Wagens gelegt. Mit „Willst Du einen

Schluck?", drehte sie sich um und stand, den Blusenknäuel in der einen, die flache kleine Flasche in der anderen Hand, vor Andreas.

Andreas entnahm ihr beides, kniete nieder, legte seine Lippen auf die verkrusteten Striemen, deren Verlauf er mit seiner Zunge bis zur Brust folgte, dann stand er auf und nahm einen Tropfen Gin in seinen Mund. Er legte Flasche und Bluse ohne Geräusch in das Waschbecken hinter Mafalda und begann, sie vorsichtig zu küssen, den Schwung ihrer Lippen ertastend, ihre Zunge suchend, die sie ihn finden ließ, indem sie die seine an ihrem Gaumen umschloss und, ihren Kopf leicht zur Seite legend, festhielt. Andreas spürte nun durch den Druck seiner Umarmung ihren Körper in der ganzen Schönheit seiner Form und Gestalt an dem seinen, lange und erregend, bis sie sich von ihm löste und mit einem angedeuteten Griff nach seinem Pullover das Badezimmer verließ.

Andreas entledigte sich seiner neuen Kleidung und fand Mafalda am Vorhang zum Balkon stehen, den sie halb zugezogen hatte, einen seitlich einfallenden Sonnenstrahl auf ihrer rechten Schulter, die er küsste, wobei er ihren Busen mit seinen Händen umschloss und sich an sie schmiegte. Sie legte ihren Kopf zurück, sodass er mit seinen feuchten Lippen über ihren hingehaltenen Hals streichen konnte. Wie ein Körper glitten sie langsam auf das schmale, weißbezogene Bett hinter dem Vorhang und gaben sich, ein jeder des anderen Begehren erkundend, während einer langen, vom rhythmischen Rauschen der Brandung getragenen Stunde, der Lust ihrer Vereinigung hin.

Godehard Palgartner hatte den einen der beiden cremefarbenen Loom-Chairs seiner zimmergroßen, von einem Betonpaneel gegen die auf der Esplanade flanierenden Touristen geschützten Terrasse so platziert, dass er bis zur Pensão „Frentomar“ sehen konnte. Vor sich auf dem runden Teakholzklapptisch lagen ein Fernglas, sein Handy, etwas Weißbrot und einige Brocken Käse, von denen er immer dann ein Stück nahm, wenn er einen kleinen Schluck aus seinem Rotweinglas getrunken hatte. Aus seinem Zimmer mit der navyblau gestrichenen Wand hinter dem weiß gelackten Doppelbett drang leise ein Vivaldi-Konzert aus dem in die Bett- und Nachttischkonstruktion integrierten Radiowecker, als er Mafalda in ihrem schwarzen Trenchcoat sah, den sie mit dem Gürtel fest um sich geschlossen hatte, offenbar über der nackten Haut, wie er mit einem Blick auf ihr Dekolleté durch sein Fernglas feststellte. Sie hatte ihr Haar mit dem Hermèstuch, das im Nacken geknotet war, gebändigt, sodass die kastanienbraune Welle zusammen mit den rotgelben Seidenenden auf ihren Rücken fließen musste. Bei jedem ihrer Schritte schlug der Mantel zurück und gab ihre, wie der Monsignore fand, makellosen Schenkel bis zum Ansatz ihres Schosses frei. Der Priester glaubte, noch niemals die erotische Ausstrahlung einer Frau faszinierender und bezwingender wahrgenommen zu haben als in diesem Augenblick, da sie neben dem wie ein Jachtbesitzer gekleideten Musiker ging, der eine Reisetasche und einen schwarzen rechteckigen Koffer umgehängt hatte, den er mit dem linken Arm, in dessen Hand er eine bunte Plastiktüte trug, an seinen Körper drückte. Sie gingen, von einer geheimnisvollen Aura umgeben, ohne ein Wort miteinander zu wechseln an einer lärmenden Straßenbar namens „Bizarro" vorbei, stiegen, ohne auf ihren Weg zu achten, über flaschengrüne Kacheln, die aus dem Putz des ruinösen Hauses mit den gusseisernen Fensterbalkons gefallen waren, und verschwanden in der kurzen Treppengasse, die entlang der Schmalseite der Oliveira'schen Villa zu deren Haupteingang in der zur Esplanade parallel verlaufenden Straße mit dem Namen Rua Coronel Águas führte, von der man auch in die Lobby seines Hotels gelangte.

Palgartner stand auf, nahm einen Schluck Rotwein, stellte sich an den Rand seines Balkons, der es ihm ermöglichte, ins Innere der beiden Stockwerke des Hauses zu sehen und wartete auf ein Zeichen für die Ankunft des Paares, die er durch das angehende Licht im Parterre bestätigt fand. Er verwandelte mit wenigen Handgriffen seine betonumgebene Hotelwabe in die Proszeniumsloge eines Theaters, zog sich einen seiner schwarzen Rollkragenpullover über, legte, um sich gegen die abendliche Kühle zu schützen, sein Reise-Kaschmirplaid über seine Beine und wartete bei den zarten Klängen der eben beginnenden Goldberg Variationen, bei Rotwein, Käse, Brot und neben sich auf dem Tisch bereitgelegtem Fernglas auf das Schauspiel, das sich ihm in dieser Nacht zweifellos darbieten würde, wenn es in einem der für ihn einsehbaren Bühnenbilder stattfand. Morgen würde er sich dann bei den Fischern am Strand nach einem geeigneten Tau umsehen, mittels dessen er sich, falls die Notwendigkeit dazu gegeben wäre, auf die Freitreppe abseilen könnte, was ihm als einem an den geliebten Dolomiten einigermaßen trainierten Bergsteiger keine allzu großen Schwierigkeiten bereiten sollte.

Auf der Esplanada Dr. Frutuoso Silva war es stiller geworden, das Geschirr- und Besteckgeklapper der Touristen, die im Speisesaal des Hotels zwei Etagen unter ihm ihr in der Vollpension enthaltenes Abendessen einnahmen, verwob sich mit dem unregelmäßig klatschenden Geräusch des sich unter den Sternenhimmel zurückziehenden Atlantiks und der traumverlorenen vierzehnten Variation von Bachs Grenzgang am Rand der Schlaflosigkeit zu einem luziden Gespinst, das über der Erdkugel, deren Krümmung er durch den Verlauf einer fadendünnen dunkelvioletten Linie am Horizont wahrzunehmen glaubte, zu schweben schien.

Gegen zehn Uhr sah Palgartner auf seine Patek-Philippe-Armbanduhr, ein Geschenk seines Firmpaten, der es in den achtziger Jahren bis zum Landeshauptmannstellvertreter von Tirol gebracht hatte, er liebte jeden Blick auf das elegante Zifferblatt mit dem Mondphasenfenster, in dem in dieser Nacht die goldene Sichel kaum mehr zu erkennen war, weil es auf Neumond zuging.

Zuerst fiel Licht aus zwei eng beieinanderliegenden Fenstern im Obergeschoss, die er wegen des lang gezogenen spitzen Winkels zu seiner Position nicht einsehen konnte, er sah die Lichtquelle zweimal unterbrochen, ehe im Zimmer links daneben ein schwacher Schein durch offensichtlich schwere grünliche Vorhänge drang, Samtvorhänge, wie der Monsignore vermutete, der sich nun, um regungslos zu bleiben, auf das alle Verwerfungen menschlicher Herzen überfliegende Adagio aus dem E-Dur-Violinkonzert des Leipziger Genies zu konzentrieren versuchte, das der portugiesische Klassiksender soeben über den Äther schickte. Der Priester glaubte seinen Augen nicht zu trauen, als sich hinter den vier doppelflügeligen Fenstertüren des Balkons über der Loggia ein holzgetäfelter Raum aus dem Dunkel hob, auf dessen haselnussfarben aufglänzenden Tisch Mafalda, nachdem Rothmann eilig zwei der sechs auf jeder der Längsseiten aufgereihten hochlehnigen Barocksessel zurückgezogen hatte, einen hell eingeschlagenen, fast quadratischen Gegenstand legte, die Leinenfaschen löste, in dem sie jede der vier Seiten einzeln anhob, als würde sie ein Kind seiner Windeln entledigen, bis ein kardinalsrot eingebundenes Buch, das nur wenig dünner war als die von Palgartner aus der Geheimbibliothek der Anima entwendete Partitur der „Walküre", vor dem Paar auf einer cremeweißen Insel in dem bronzeschimmernden Spiegel der intarsierten Tafel schwamm.

Rothmann ließ sich auf einen der seitlich hinter ihm stehenden Sessel nieder und Godehard glaubte durch sein Fernglas zu erkennen, dass er blass wurde. Mafalda, in einem hagebuttenroten ärmellosen Leinenkleid, trat an den Tisch, zog die purpurfarbene Fracht vor ihren Geliebten und öffnete sie, den Deckel umschlagend, auf dem Palgartner eine in Gold gestickte Aufschrift erkannte. Der Musiker nahm seine randlose Brille ab, die Mafalda lächelnd behauchte, um sie, etwas nach vorne gebeugt, am Saum ihres knapp knielangen, oval ausgeschnittenen Kleides zu reinigen und Andreas zurückzureichen. Der setzte sie zitternd auf und wendete mit äußerster Vorsicht die ersten drei luftig beschriebenen Seiten des vor ihm liegenden Buches um, bis auf der vierten die von Taktstrichen gerasterten Linien der Notensysteme auftauchten. Palgartner konnte acht Zeilen in zwei Viererbündeln ausmachen, ehe Rothmann nach einer endlos wirkenden Zeitspanne erneut umblätterte. Der im bodenlosen Abgrund verortete Es-Dur-Beginn des „Rheingolds" aus Fagotten, Kontrafagotten und Kontrabässen fraß sich so schmerzhaft in sein Gehirn, dass er aufstehen musste, um sein Zimmerradio mit dem wehmütigen Geigengesang Bachs zum Schweigen zu bringen. Im Badezimmer kühlte er sein Gesicht mit Wasser, setzte sich auf die geschlossene Klomuschel und betätigte wütend die Wasserspülung. Die unerbittlich anwachsenden Akkordbrechungen des Ringvorspiels nisteten plötzlich wie Wahnvorstellungen von inquisitorischen Folterungen in seinem Kopf, er rannte wieder auf die Terrasse, um sich zu vergewissern, dass die beobachtete Szene nicht auch eine Ausgeburt seines kranken Hirns war, und prallte förmlich von der seitlichen Begrenzung seines Balkons zurück, weil ihn Mafalda, die plötzlich an der schmiedeeisernen Brüstung der oberen Loggia stand, für die Dauer eines Lidschlags hätte sehen können.

Casa Oliveira

„Am Morgen sind dann die Trommelweiber über den See gekommen. Wir haben sie nur gehört, sehen haben wir sie ja nicht können, in ihren weißen Nachtgewändern auf dem zugefrorenen See, der auch ganz weiß war. Aber ihr Trommeln ist immer lauter worden, die dumpfen Trommeln, bis sie vor unserem Haus stehen geblieben sind. Wir sind durch die Bücherhalle hinausgelaufen und sind auf der Empore g'standen, zu der die zwei Treppenflügel aus dem Garten vom See heraufg'führt haben. Hinunter haben wir nicht können, weil überall so viel Schnee gelegen ist. Dann haben's den Ausseer Faschingsmarsch gespielt, diese Mander in ihren Weiberlarven, nur für uns Bücherwürmeln, und sind weitergezogen zum „Schönblick", das dem Walter sein Lazarett war, dann hinüber zum alten Fischkalter, wo sie wieder an Land sind, immerzu ihre rot-weiß geflammten Trommeln schlagend, und so weiter durch den Ort, bis sie im Gasthof ‚Schramml' verschwunden sind. Sehr unheimlich war das, obwohl es so ein schöner Tag war, dieser Rosenmontag im fünfundvierziger Jahr. Der zwölfte Februar war's, das weiß ich noch genau, und ich bin sicher, dass die meisten Trommelweiber wirklich Frauen waren damals, Bäuerinnen und Almdirn, die den Brauch aufrecht erhalten haben, obwohl's das nach den Regeln gar nicht gedurft hätten, aber wer hätt' denn sonst die Dämonen verjagen sollen? Männer hat's ja keine mehr gegeben damals, die waren alle draußen, im Krieg!"

„Du musst dich nicht aufregen, Avózinha, das ist jetzt wirklich schon sehr lang her!" Mafalda bückte sich nach der Decke in blau-grünem Schottenkaro auf dem ziegelrot aufglänzenden, in weinkistengroßen Platten verlegten Boden, breitete sie über die Beine ihrer Großmutter, wobei sie darauf achtete, dass auch deren mit schwarzen Samtschuhen bekleidete Füße auf dem Petit-Point bezogenen Schemel eingepackt und die Enden zwischen den Rücken der alten Dame und die Lehne des gepolsterten Armsessels gesteckt waren.

„Es regt mich aber auf, noch immer, Mafalda, weil das die aufregendste Nacht meines Lebens war! Ich wunder' mich vielmehr, dass ihr jungen Leute so ruhig sein könnt, nach einer solchen Nacht!"

„Wir tun nur so, Avózinha, Du kannst ja Andreas fragen … Möchtest du noch einen Tee oder einen Orangensaft? Ana war gestern bei ihrem Bruder und hat uns unglaublich süße Orangen mitgebracht, die besten der ganzen Algarve, wie du weißt … Für uns press' ich jedenfalls noch zwei Gläser …"

„Danke, mein Kind! Aber wenn du rausgehst, kannst du Ana fragen, ob sie schon alles für die Cataplana hat, mehr Fisch als Shrimps und Muscheln, wir sind heute immerhin zu viert und müssen einen hungrigen Musiker satt bekommen!"

Mafalda verließ, ihre Großmutter am Arm berührend, den kühlen Raum, dessen umlaufende Kachelpaneele mit barocken Götterszenen diesen zu einem mythologischen Tanzsaal in einem blau-weißen Farbenrausch machten, in dem sich die aus Salonmöbeln des frühen 19. Jahrhunderts gebildeten Sitzinseln fast fremd ausnahmen.

„Ich hoffe, dass meine Enkelin es nie bereuen muss, Ihnen unser Geheimnis offenbart zu haben, Herr Rothmann, es gibt nämlich niemanden auf der Welt, der davon weiß!“

„Darüber brauchen Sie sich keine Sorgen zu machen, Senhora Oliveira, denn es gibt niemanden *mehr* auf der Welt außer uns dreien, die darum wissen; der Vierte ist nicht mehr am Leben.“

„Gottfried Kronstein wurde von seinem eigenen Vater auf die ‚Rheingold‘-Fährte gesetzt, weil der davon ablenken wollte, dass er der von seinem Vater gestohlenen Partitur der ‚Walküre‘ Namen und Existenz in Argentinien verdankte. Gottfried muss durch irgendeine Andeutung seines Großvaters von dem Partiturendiebstahl bei Kriegsende erfahren haben, aber selbstverständlich nicht, dass sein eigener Großvater gemeinsam mit mir die Tat begangen hat. Begreiflicherweise hat ihn die Sache nicht mehr losgelassen, und so muss ihn sein eigener Vater schließlich, um von seiner Familie abzulenken, portionsweise mit Hinweisen versorgt haben, die ihn meine Spur haben aufnehmen lassen.

Nach allem, was er uns im Frühsommer erzählt hat, bin ich überzeugt davon, dass Gottfried nur deshalb in Berlin Philosophie, Zeitgeschichte und Musiktheorie studiert hat, um durch seine Recherchen das Rätsel zu lösen, dessen Geheimnis ihn so sehr quälte, weil er spürte oder ahnte, dass er selbst durch seinen Großvater irgendetwas mit diesem Diebstahl zu tun hatte. Und ich gehe davon aus, dass seine Mutter, die übrigens aus einer jüdischen Familie stammte, die ebenfalls nach Argentinien entkommen konnte, allerdings aus diametral entgegengesetzten Gründen, dass diese geborene Emily Nussbaum, als sie die Wahrheit über die Partitur und die nationalsozialistische Vergangenheit ihres Schwiegervaters, dessen gefälschten Namen sie trug, herausbekam, diese ihrem in Deutschland lebenden Sohn eröffnen wollte, sicher auch, um ihn von seiner Besessenheit zu befreien. Wie Sie wissen, ist das Flugzeug, das sie nach Berlin bringen sollte, abgestürzt, worauf sich ihr Mann, Siegfried Kronstein, Gottfrieds Vater, das Leben genommen hat, nachdem Gottfrieds Großvater, Walter Stein alias Sigmund Kronstein, in einem Altersheim in Buenos Aires verdämmert war."

Andreas war erstaunt, mit welcher Klarheit Teresa Oliveira ihm diese Fakten eröffnet hatte, als er Mafaldas Stimme hinter sich erklären hörte, dass es ihnen im Juni gerade noch gelungen sei, Gottfried trotz seiner sie verstörenden Lebensgeschichte wegzuschicken, ohne ihn über die Zusammenhänge aufgeklärt zu haben. Sein Schicksal hätte ihnen aber keine Ruhe gelassen, sodass sie beschlossen hätten, ihm die Wahrheit nicht länger vorzuenthalten. Die Einladung Cornelia Zisks zum Konzert am Grundlsee hätte Mafalda schließlich zum Anlass genommen, Gottfried mit einem Foto der Rheingoldbühne aus dem Karajan-Ring auf die Vordernbachalm einzuladen, wo sie anhand einer fotokopierten Partiturseite seine quälende Ahnung von der realen Existenz der geraubten Originalpartitur bestätigen wollte, was zur Folge gehabt hätte, dass auch die Biographie seines Großvaters und der Verbleib der Walkürenpartitur zur Sprache gekommen sei.

Mafalda hatte indessen ein dunkel gebeiztes Holztablett mit einer Schnabelkaraffe auf einen intarsierten Backgammontisch gestellt, zwei Kristallgläser mit Orangensaft gefüllt, von denen sie eines Andreas in die Hand gab, der ihr nachsah, als sie durch den Raum ging, um sich auf einen Sessel niederzulassen. Diese Position erlaubte es ihr, durch eine der bis fast zum Boden verglasten dreisprossigen Flügeltüren hinaus in den nach der Loggia beginnenden, von floralen Azulejo-Fliesen umgebenen, geometrisch angelegten Buchsgarten zu schauen.

„Ich kam am vierzehnten November 1944 mit Frau Doktor Laurin als Bibliotheksassistentin in die Castiglioni-Villa an den Grundlsee, es war ein Dienstag und es war überirdisch schön und ungewöhnlich warm für die Jahreszeit, daran erinnere ich mich genau, wie an alle Dinge, die sich in den darauffolgenden fünfeinhalb Monaten ereignet haben. Ich war gerade vierundzwanzig geworden und Gertraut Laurin hat mich wohl mitgenommen, weil sie wusste, dass ich meine Kindheit und all meine Schulferien dort verbracht hatte, zusammen mit meinen Eltern, die ein kleines Holzhaus im ‚Gaiswinkel', das ist bei der Grundlseer Schießstatt, falls Sie das kennen, von meinem Großvater mütterlicherseits geerbt hatten. Das ‚Sachl', wie sie dort selbst die kleinsten Häuser nennen, stand auf einem Wiesenhügel, von dem aus man auf den See schauen konnte, der dort dunkel war, weil der gegenüberliegende ‚Ressen' so hoch und schwarz war. Man schaute hinein bis zu den Gössler Wiesen mit dem Toten Gebirge und dem großen Priel darüber und auf der anderen Seite an den Kulissenbergen entlang bis zum gugelhupfförmigen Archkogl, über dem man manchmal, wenn es klar war, das Dachsteinmassiv erkennen konnte. Das Haus haben meine Eltern dann in den Sechzigerjahren verkauft, weil ich ja schon längst in Portugal gelebt habe, aber Mafalda hat mir erzählt, dass es noch steht, fast unverändert.

Frau Doktor Laurin war eine hochangesehene Bibliothekarin am Joanneum in Graz, wohin sie übrigens auch den Nachlass ihres Großvaters Peter Rosegger als Dauerleihgabe mitgebracht hatte. Sie hat im Spätherbst vierundvierzig auf Betreiben des Chefbibliothekars Friedrich Wolffhardt die Leitung der „Führerbibliothek Linz", die am Grundlsee aufgebaut worden ist, von ihm übernommen, weil der, man glaubt es nicht, keine Ruhe gegeben hat, bis er wieder einrücken durfte, der Herr SS-Hauptsturmführer, was ihm auch gelang; er hat uns dann im März fünfundvierzig verlassen. Im März fünfundvierzig!, und ist dann auch von seinem Krieg nicht mehr zurückgekehrt.

Die Laurin muss einen Narren an mir gefressen haben, ‚Edthofer Theres', hat sie immer zu mir gesagt, ‚schau, dass'd was lernst, du bist net blöd und hast a G'spür für die richtigen Sachen, aus dir könnt' was wer'n.'"

Teresa Oliveira lachte glucksend auf wie ein junges Mädchen, das sich über einen gelungenen Streich freut. Die hinter ihr sitzende Mafalda bedeutete Andreas mit zwei an die Lippen gelegten Fingern, ihre Großmutter nicht zu unterbrechen.

„Es gab viel zu tun in dieser traumhaften Castiglioni-Villa, die zu einem wahren Bücherbergwerk umfunktioniert worden war. Die zweistöckige Halle war mit langen, etwa vier Meter hohen Stellagen versehen worden, die von beiden Seiten befüllt werden konnten. Auf eigens dafür hergestellten Holzstaffeleien turnten wir wie die Eichkatzerln herum, um die vorher katalogisierten Bände nach genau festgelegten Zuweisungen einzuordnen.

Von der Galerie, wo es in die großen Zimmer ging, deren prachtvolle originale Barocktüren auch mit Regalen umbaut waren, die sich bis knapp unter die sicher hundert Quadratmeter große Kassettendecke fortsetzten, konnte man auf die Bücherstollen hinunterschauen, die in diesem Renaissancesaal aufgerichtet worden waren. Oft kletterten wir mit Büchern hinauf, stapelten sie auf die oben geschlossenen Regale und holten sie von dort ab, in dem wir über das den ganzen Raum umlaufende wunderschöne Holzgeländer stiegen, auf die Regale sprangen und uns die Bücher zuwarfen, die dann um die frühbarocken Türportale bis zur Decke hinauf eingereiht wurden. So mussten wir die Bücher nicht über das Steinstiegenhaus hinaufschleppen. Nur erwischen durften wir uns dabei nicht lassen! Und wenn es einmal geschah, mussten wir zur Strafe in einem der zahllosen Nebenräume vorsichtig mit Wasserdampf Exlibris aus hunderten von Büchern lösen, die ständig in schweren Holzkisten angeliefert wurden. Denn die Bücher waren ja fast alle ‚übernommen', wie es offiziell hieß, ‚beschlagnahmt', ‚enteignet' oder ‚geraubt' durften wir natürlich nicht sagen. Ich erinnere mich noch genau, wie ich einmal eine ganze Woche lang die Exlibris aus der ‚übernommenen' Bibliothek von Arthur Schnitzler gelöst habe. Trotzdem war dieser Winter in der Castiglioni-Villa die schönste Zeit meines Lebens. ‚Castiglioni-Villa' durften wir auch nicht sagen, obwohl wir, wann immer wir irgendwo hinkamen, die ‚Castiglioni-Mädeln' genannt wurden. Doktor Wolffhardt bestand, gut deutsch wie er war, auf ‚Haus Grundlsee' und auch die Büchertransporte waren immer für die ‚Führerbibliothek, Haus Grundlsee' bestimmt, nur wir fanden Castiglioni natürlich schicker, selbst die Leute vom SS-Lazarett, das uns gegenüber in einer ehemaligen Reformschule der zwanziger Jahre untergebracht war und zu denen wir den meisten Kontakt hatten, nannten uns so, die ‚Castiglioni-Mädeln' … Und so geschah es halt, dass wir für die Silvesternacht ein Programm zusammengestellt haben, ernst und erbauend sollte es sein, der schweren Zeit angemessen. Und weil bekannt war, dass ich in Graz Gesangsstunden gehabt hab', hat mich die Frau Doktor gefragt, ob ich nicht wieder einmal etwas singen könnte, aber nicht nur das Orlofsky-Couplet aus der ‚Fledermaus', wie beim Krampusabend, sondern vielleicht etwas von Wagner, aus der ‚Walküre', das würde sie sich ausdrücklich wünschen. Ich hab dann die Sieglindenerzählung aus dem ersten Akt vorgeschlagen, weil ich an der schon einmal herumgetan habe. Sie war ganz begeistert und hat gesagt, dass wir jetzt nur noch einen Siegmund bräuchten, aber den würde sie schon auftreiben. Und bei unserer Weihnachtsfeier im ‚Schönblick', wie das große Haus mit Speisesaal und einem Veranstaltungsraum hieß, bevor es ein Lazarett wurde, hat sie mir Walter Berg als meinen Siegmund vorgestellt, wir sollten nur gleich anfangen zu proben, weil wir ja nur eine Woche bis zur Aufführung hätten. So bin ich also jeden Tag hinübergestapft zum ‚Schönblick‘, manchmal zweimal, und wir haben geprobt, in einem Saal, der sogar eine Bühne mit Vorhängen gehabt hat. Einstudiert hat uns ein ehemaliger Korrepetitor vom Bad Ischler Operettentheater, Angehöriger der Waffen-SS, der vor Stalingrad sein linkes Bein verloren hat und grad noch herausgekommen ist, deshalb hat er immer rechts ein bissl viel Pedal gegeben. Der Walter war ein ganz Stiller, in sich Gekehrter, aber er sah unglaublich gut aus, etwa so wie sein Enkel Gottfried. Als der vor drei Monaten bei uns auftauchte, hab' ich geglaubt, mich trifft der Schlag, ich sehe ein Gespenst! Und er hat unglaublich schön gesungen, keine große Stimme, eher lyrisch, Schubertlieder hat er ganz besonders gesungen, er wollte ja einmal Sänger werden, Liedsänger, hat dann aber nicht dürfen, sein Vater hat's nicht erlaubt, so hat er's dann zum persönlichen Adjutanten von Heydrich gebracht, dem berüchtigten Heydrich, was mich immer gewundert hat, und beim Prager Attentat auf den SS-Führer und Reichsprotektor von Böhmen und Mähren hat er dann einen Lungendurchschuss abbekommen, von dem er sich immer noch nicht erholt hatte, deshalb war er ja da! Aber gesungen hat er, ganz zart, ganz melancholisch, ganz lyrisch, so, wie man den Siegmund noch nie gehört hat. Und wie wir dann da nach den Proben noch in dem Raum geblieben sind, der seinem Namen alle Ehre gemacht hat, ‚Schönblick‘ …, über den ganzen Grundlsee hat man geseh'n, bis hinein ins Gößl, und das schneeweiße Tote Gebirge darüber …, da haben wir uns halt ineinander verliebt, sehr verliebt … Und das Duett Sigmund-Sieglinde haben wir in dieser

Nacht zwei Mal singen müssen, einmal im alten Jahr vierundvierzig und einmal im neuen Jahr fünfundvierzig …

‚Der Männer Sippe saß hier im Saal, von Hunding zur Hochzeit geladen'", begann Teresa Oliveira mit leiser Stimme, fast gesprochen, die Erzählung der Sieglinde aus dem ersten Akt der ‚Walküre' zu singen, wissend um die Bedeutung jedes einzelnen Wortes, absolut rein und ohne jedes störende Altersvibrato, wie Andreas fand, der den Blick Mafaldas suchte, die in ihrem schwarzen Leinenkleid mit übereinandergelegten nackten Armen in der Dickung der äußeren Terrassentüre lehnte und die schräg einfallende Sonne durch ihre geschlossenen Lider aufnahm.

„… Er freite ein Weib,
das ungefragt Schächer ihm schenkten zur Frau.
Traurig saß ich, während sie tranken,
ein Fremder trat da herein …"

Es war totenstill im Raum, keiner wagte den anderen anzusehen, irgendwo im Haus wurde eine schwere Türe behutsam in ihr Schloss gezogen.

„Eine unglaubliche Zeit brach an, die glücklichste meines Lebens. An jenem Neujahrsmorgen führte mich Gertraut Laurin in ihr Büro, ein Erkerzimmer, das vollständig mit immer noch duftendem Lärchenholz getäfelt war und von einem längs gerippten, dunkelgrün geflammten Kachelofen, ‚Pfeifferlofen' sagen's dort dazu, gewärmt wurde. Sie öffnete die mittlere Lade einer Louis-seize-Kommode, entnahm ihr ein rot eingebundenes Buch, das sie auf ihr mit Blumenornamenten intarsiertes Bureau-Plat legte und auf einer Seite aufschlug, die sie mit einem Lederstreifen eingemerkt hatte. Und was sie dann gesagt hat, weiß ich noch genau, Wort für Wort: ‚Schau', Theres, dir zeig ich's, weil du genau die Stell'n so schön g'sungen hast, heut in der ersten Nacht des neuen Jahr's, das uns den ersehnten Endsieg bringen soll. G'sehn hat das noch niemand hier und wird auch nicht! Das ist die Handschrift vom Meister selber, die er dem unglücklichen König Ludwig von Bayern verehrt hat und die jetzt unserem Führer gehört, weil er sie zu seinem fünfzigsten Geburtstag geschenkt bekommen hat. Du schaust sie an und hast sie nie geseh'n! Sie wird zusammen mit der Partitur vom ‚Rheingold', die auch da drüben in der Lad' liegt, der größte Schatz, den die Führerbibliothek von Linz, an der wir alle hier mit ganzer Kraft beteiligt sind, besitzen wird. Und das ist nicht das einzige vom Meister, was in dem Kasten dort verborgen liegt, von dem du gar nix weißt!'

Erzählt hab ich dann wirklich niemandem davon, auch nicht dem Walter, bis zu den letzten Wochen, wo alles zu Ende gegangen ist, wo sich alles aufgelöst hat und uns klar geworden ist, dass wir auseinandergehen. Walter wollte nach Rom, ‚büßen für seine Sünden', hat er gesagt, und dann nach Südamerika, und ‚als neuer Mensch ein neues Leben anfangen'. Ich wollt' mit meiner Beute ab nach Portugal, wo mich niemand vermuten konnte. Ein Freund von meinem Vater hat dort geholfen, dem Salazar die Polizei aufbauen, weil er ein hohes Tier bei der Gestapo war. Der ist auf die Idee gekommen, mit den Sachen zu verschwinden und sie dort zu verkaufen, weil Portugal damals ein Ladenfenster war, in dem alle alles zu Geld machen konnten, weil jeder etwas von dem gebraucht hat, was ein anderer hatte oder loswerden musste, um seine Haut zu retten.

So habe ich mit ‚Rienzi' dieses Haus von Leuten gekauft, die vor dem Salazar-Regime nach Übersee geflohen sind, und die ‚Feen' haben unser Leben finanziert, das Leben mit Bras Oliveira, Mafaldas Großvater, dem es gelungen ist, sich ohne Folgen aus dem diplomatischen Dienst zu verabschieden, weil er von einem kinderlosen Onkel Land im Alentejo geerbt hat, um das er sich kümmern musste.

‚Nur wer der Minne
Macht versagt,
nur wer der Liebe
Lust verjagt …'"

Teresa Oliveira hatte die Augen geschlossen, flüsternd, fast tonlos sang sie die Verse der Rheintochter Woglinde, die Andreas auf der Vordernbachalm in der Hand gehalten hatte. Mafalda öffnete leise die Terrassentür, um die späte Vormittagssonne einzulassen, die jetzt die ganze Esplanade von Albufeira in ihr warmes Licht tauchte. Beruhigend legte die Enkeltochter ihre Hände auf die knochigen Schultern der Großmutter, die unter der Berührung die Augen aufschlug und Andreas den Fluch

„‚… nur der erzieht sich den Zauber
zum Reif zu zwingen das Gold!'" zurief.

„Der Walter ist halt mit seinem Schicksal nicht fertig geworden! Er hat nicht damit weiterleben wollen, dass er der Adjutant jenes Teufels gewesen war, der als Vorsitzender der Wannsee-Konferenz die Endlösung beschlossen hat, für die dann sein eigener Vater als hoher Beamter der Reichsbahn die Judentransporte in die Konzentrationslager organisiert hat. Der Walter hat seinen Lungendurchschuss als eine Gnade empfunden, die ihn aus dem Teufelskarussel herausgerissen hat! ‚Es ist kein Zufall', hat er immer wieder zu mir gesagt, ‚dass wir uns auf ‚Heiligem Boden' begegnet sind, denn hier, hier in diesem Haus, im ‚Schönblick', am Grundlsee, hat der Oberst Stauffenberg seine Frau kennengelernt, weil sie beide zur gleichen Zeit Sommergäste der Erziehungsreformerin Genia Schwarzwald waren!' Verehrt hat er ihn, den Stauffenberg, wie einen Heiligen, wie einen Märtyrer! Seine Tat ist ja erst ein halbes Jahr zurückgelegen damals …"

„Avózinha, Avózinha!" Mafalda küsste den weißen Scheitel der Greisin, die sich unter Tränen bemühte, ihre Beichte zu beenden.

„Und wie dann alles zusammengebrochen ist und ich mich dazu entschlossen hab, die Wagnernoten mitzunehmen, weil ich geglaubt hab, ein Recht dazu zu haben, da hab ich ihm die Walkürenpartitur zugedacht, weil wir doch durch sie unsere Liebe gefunden haben. Aufdrängen habe ich sie ihm müssen, ‚als Faustpfand für unsere Liebe' hab ich gesagt, und wie dann die Lastwagenkolonnen am gegenüberliegenden Ufer Tag und Nacht ihre geraubten Schätze zum Toplitzsee gefahren haben, sind wir davon, er nach Rom wie Tannhäuser und ich über Frankreich und Spanien ins gelobte Land, nach Portugal, die Edthofer Theres, zu Fuß, im Dirndl, mit ihrem Rucksack auf dem Rücken …"

Andreas erschrak, als sich hinter ihm eine Flügeltüre öffnete.

„Dona Teresa, a cataplana está na mesa!"

Mit „Kommen Sie, wir gehen, sonst wird sie noch kalt!", ging eine kleine schwarz gekleidete Frau mit entschiedenen Schritten zu der anderen schwarz gekleideten Frau und nahm ihr die blaugrüne Wolldecke vom Schoß.

„Komm, meine Kleine, pack mit an, zu dritt geht sich's leichter!"

„Obrigada, minha Ana!"

Mafalda half ihrer Großmutter auf und die drei schwarzen Gestalten näherten sich langsam dem lichtdurchfluteten Speisezimmer, wo sie blaue Schäferpaare zu erwarten schienen.

„Was meinst du, Ana, wie lange werden wir diesen Weg noch gehen?"

„So lang es Gott gefällt, uns dabei zuzuschauen, Dona Teresa!"

Albufeira

Godehard Palgartner gab sich mit einem Reiseführer in der Hand den Anschein, als interessiere ihn das verfallene Herrenhaus auf einem Hügel mitten in der Stadt, von dem aus er den an sein Hotel gebauten einstöckigen Eingangstrakt der Villa Oliveira beobachten konnte. Er registrierte, um welche Zeit die Haushälterin den schmalen buchsbaumverwucherten Vorgarten verließ, indem sie das Tor mit einem langen rostigen Schlüssel öffnete und sorgfältig wieder verschloss, und wie lange es dauerte, bis sie mit gefüllten Einkaufskörben zurückkam, ehe er die hinter dem verwilderten Park der Ruine liegende Kirche aufsuchte, in der er beschloss, von nun an jeden Vormittag hier zuzubringen, bis Mafalda und Andreas Albufeira für das Konzert in Lissabon verlassen hätten. Dann erkundete er die nähere Küstengegend, bis er vor dem kilometerlangen Klippensandstrand der Falesia in einer kleinen pinienumstandenen Bucht das malerische Fischerdorf Olhos d'Água entdeckte, wo er einen alten, seine Netze flickenden Fischer in Zeichensprache davon überzeugte, ihm für vierzig Euro ein weiches, bergstockdickes Hanfseil und einen Enterhaken zu verkaufen.

Lissabon

„Meine Damen und Herren, bitte! Das ist kein Kinderlied, wirklich nicht! Aber, werden Sie jetzt sagen, ‚Frére Jaques' ist doch ein Kinderlied! Ja, da haben Sie recht, und ein Kanon ist es noch dazu! Wissen Sie, was ich glaub'? Wenn, dann ist es zu einem Kinderlied geworden, zu einem Kinder-Spottlied! Gemeint ist etwas ganz anderes, sonst hätt's der Mahler nie verwendet, schon gar nicht für seine erste Symphonie!

Denken's doch einmal den Text: ‚Bruder Jakob, Bruder Jakob, schläfst du noch? Schläfst du noch? Hörst du nicht die Glocken? Hörst du nicht die Glocken? Ding, Dang, Dong, Ding, Dang, Dong', und so weiter. Wissen Sie, wer der Bruder Jakob ist? Das ist der Jude! Jakob ist immer der Jude! Und dass er mit ‚Bruder' angesprochen wird, das ist ja schon die größte Dreistigkeit! Bruder! Wo man ihm doch sagt, er soll endlich aufwachen, damit er die Glocken hört, die Glocken! Die Feuerglocke ist das!

Meine Damen und Herren, das ist ganz sicher ein Pogrom-Spottlied: ‚Pass auf, Jakob, du wirst wieder einmal abgefackelt, dein Ghetto steht wieder einmal in Brand! Wach auf, steh auf, hau ab, sonst verbrennst du, du und deine ganze Sippe, bei lebendigem Leib!'"

Nikolaus Harnoncourts Stimme hallte durch das gewaltige Kirchenschiff der „Santa Maria de Belém", verflog irgendwo oben im Palmendach, das die sechs schlanken ziselierten Säulen über dieser wie im Meer versunkenen Kathedrale aufspannten.

„Versuch' ma's nochamal, bitte!"

Die Pauke begann, ihre Quinten aufzuspannen.

„Nein, bitte, das spiel' ma bitte vier Takte lang, nicht nur zwei wie's da steht, der Mahler wird mir's vielleicht verzeihen, aber sonst kapiert man gar nicht, worum's da geht! Das ist die Pauke, die einen zur Hinrichtung führt, zum Richtplatz, da muss man unbedingt draufkommen, wenn das los geht, sonst is' es für die Katz, sonst glauben die Leut' wirklich, es fangt was Lustiges an, da hilft das ganze Moll nix! Bitte!"

Wieder die Pauke, vier Schläge, einen Takt lang, vier Schläge, den zweiten, vier Schläge, den dritten …

„Aha! Das is' was anders! Merken Sie's? Und gedämpft, gedämpft! Unheimlich muss das sein und fern, wie von fern! Er hört's ja nicht, der Jakob, dass die Schergen schon unterwegs sind, er schläft ja noch, viel zu tief schläft er, und träumt, von einem Lindenbaum träumt er, wie wir später in diesem Satz noch erfahren werden! Also noch einmal bitte!"

Jetzt glaubte Mafalda, aus der Ferne das Drohende zu hören, so intensiv, dass sie am liebsten aufgesprungen wäre, um mit einem Schrei die Ahnungslosen zu wecken, da sang der Kontrabass sein erstes „Bruder Jakob", sein zweites, dann „schläfst du noch?"

„Bitte, Herr Karges, reißen'S das ab! Das ist ja nicht schön! Das ist auch von fern, deshalb der Dämpfer! ‚Bruder Ja-a-kob'", raunte Harnoncourt, „… und weg! Sehn'S das Hakerl? Das heißt ‚weg!' Der da singt, weiß nämlich gar nicht, ob er überhaupt weitersingt, ob er die Juden überhaupt aufwecken will, das muss er sich noch überlegen! Deshalb ‚Bruder Ja-a-kob', und weg, ‚Bruder Ja-a-kob'", äffte der Dirigent jetzt einen heimtückischen Mitläufer nach und gab das Zeichen zum Mitspielen, „‚Schläfst du noch', weg! Leiser jetzt, wie ein böses Echo, ‚Schläfst du noch?', und weg!"

Helmut Karges strich weiter.

„Ah, ah, ah, das ist viel zu schön, Herr Karges, viel zu schön phrasiert! Ich weiß doch, dass Sie das können, aber ich glaub', das ist hier nicht gemeint! Der da ruft, der ist besoffen, stockbesoffen, der hat sich eben einen ‚Mords-Rausch' angetrunken! Da sehn'S a mal, wo das Wort herkommt, ‚Mords-Rausch' … Das muss klingen wie ‚Höasdunidi Glo-o-gen', deutete Harnoncourt einen Betrunkenen an, ‚Höasduniedi Glo-o-gen', und wieder weg! Das kann auch falsch klingen, die letzten zwei Töne rutschen ab, besoffen eben, total besoffen! Bitte spieln'S das einmal so, die Pauke gibt den Takt vor …"

Der Kontrabassist ahmte auf seinem Instrument täuschend echt einen lallenden Betrunkenen nach, das ganze Orchester lachte so schallend, dass es von den Korallenriffen auf den gespenstisch versteinerten Kalkwänden zurückgeworfen zu werden schien, Harnoncourt winkte mit der rechten Hand „weiter", das Fagott nahm den Kanon auf, gesellte sich böse dazu, „Wunderbar ist das, Herr Trog, so gehört das, danke!", dann die Celli, „Genau! Hart ansetzen, unkontrolliert, deshalb haben'S das Hauberl auf der ersten Note, und weiter! Natürlich, die Basstuba, sehr gut! Der ist noch übrig geblieben von der Weihnachtsfeier der Blasmusik!"

Das skurrile Zusammenspiel versank beinahe in den hallenden Lachwellen der Musiker.

„Ja, wen haben wir denn da? Die Klarinette lasst sich so eine ‚Mords-Hetz', schon wieder ‚Mord'!, auf keinen Fall entgehen, großartig, Herr Born! Ui, jetzt ist die Oboe aufgewacht! Stopp! Halt! Halt bitte! Schön, dass Sie da sind, Herr Rothmann, danke! Das war schon sehr richtig, aber da steckt noch was drin, in Ihrem merkwürdigen ‚Hörst Du nicht die Glocken', Takt neunzehn. ‚Etwas hervortretend' steht da, und genau das ist es! Der traut sich was, der ist gefährlich, der ist Soldat, ein besoffener zwar, aber die sind die gefährlichsten! Der will ernst machen! Schauen Sie, mit was für einem militärischen Schlenker der da einsteigt, die Sechzehntelpause!, die hat er vom General Radetzky: ‚Tiijamm – ta ram tim tam', und jetzt passiert's, die Achtelpause vor dem a, als würd er Luft holen! Oh ja, bitte, holen'S Luft, Herr Rothmann, und hau'n Sie sich dann aufs a, und dann ziehen Sie bitte ein Glissando zum d, es ist eh gebunden, dass einem Hören und Sehen vergeht vor so einem feschen Schmiss! Und dann tippt er sich gleich wieder an die Kapp'n, der ‚Leutnant Gustl' von die Kaiserjäger, der kennt nämlich keinen Pardon, der Leutnant Gustl, in dem sein Regiment haben die Juden nämlich nix verloren! Bitte, ab Takt siebzehn, und ab Takt achtzehn die Celli ohne Dämpfer bitte, und …"

Der Taumel des Spottkanons setzte ein und Andreas gab so überzeugend den arroganten Feschak, dass Harnoncourt nach seiner Phrase mit einem ‚Bravo' abbrach, auch die Kollegen klopften mit ihren Bögen auf die vor ihnen stehenden Notenpulte. Für Mafalda klang es, als lösten sich Steinrosen und Muschelfächer aus den Stalaktiten eines auf dem Grund des Ozean versunkenen Tempels, der einmal das Heiligtum eines Volkes gewesen war, das sich vom Rand eines Kontinents mit kleinen Schiffen, Karavellen, die das Zeichen der Kreuzritter auf dem Segel trugen, ins Unbekannte wagten, so lange, bis ihr Land, berührt von einer Götterhand, vom Felsrand brach und weltmeertief versank, verschwand.

„Sehen Sie, so ist das, und jetzt warten Sie erst einmal, bis wir in sechzehn Takten zur Schtetlmusik kommen! Die träumen und wissen gar nicht, was Ihnen blüht, wieder einmal, wie immer in unserer furchtbaren Geschichte! Das ist die hellsichtige Botschaft, die Mahler, der konvertierte Jude, an den Beginn seines symphonischen Schaffens stellen wollte, und dieser Botschaft wollen wir doch zum Ausdruck verhelfen, so gut wir können, finden Sie nicht?

Und vergessen Sie bitte nie, wo wir sind! Wir stehen am Tor einer Welt, und durch dieses Tor kam alles rein und lief alles aus, alles, was sie hatte, diese Welt, und auf großen Schiffen, unter arabischen, jüdischen und christlichen Flaggen! Und wie der Ort heißt, wissen Sie doch auch! ‚Belém'! Wir sind im Hieronymus Kloster zu Belém, und Belém heißt Bethlehem, und das ist jüdisch, meine Damen und Herren, vergessen Sie das bitte nicht, wenn wir unsere Mahlersymphonie spielen! Also bitte, dritter Satz von Anfang!"

Albufeira

Godehard Palgartner hatte für Donnerstag, den siebzehnten September, den Tag des Konzerts der Berliner Philharmoniker in Belém, um achtzehn Uhr fünfundvierzig seinen Rückflug von Lissabon nach Rom gebucht, sich am frühen Morgen dieses Tages noch bei Dunkelheit von seinem Balkon auf die Freitreppe der Villa Oliveira abgeseilt, nachdem er sich davon überzeugt hatte, dass Teresa jeden Vormittag in jener Sala zuzubringen pflegte, in der er das lange Gespräch mit Mafalda und Andreas am Montag dieser für ihn ungewöhnlichen Woche beobachten konnte.

Gegen zehn Uhr betrat Teresa Oliveira am Arm ihrer Haushälterin den Raum, wurde zu ihrem Sessel geführt, mit dem blaugrünen Plaid zugedeckt, erhielt eine Fernbedienung, erteilte der vor ihr stehenden kleinen schwarzgekleideten Frau einige Anweisungen, worauf diese sich verbeugte, in die auf einer den Kachelfries unterbrechenden schwarzbraunen Renaissancetruhe an der hinteren Wand befindliche Bose-Kompaktanlage eine CD einlegte und unter Wagnerklängen das Zimmer verließ.

Godehard konnte die Worte der Brünnhilde verstehen, als er sich auf seinen Naturkautschuksohlen jener Terrassentüre näherte, die hinter der Greisin lag.

„War es so schmählich, was ich verbrach,
dass mein Verbrechen so schmählich du bestrafst?"

Bei der von Englischhorn, Bassklarinette und Fagott getragenen Klagekantilene der Oboe trat er ein, stellte sich vor Teresa Oliveira, die ihn ohne Furcht ansah, mittels Fernbedienung die Lautstärke dämpfte und ihn fragte, wer er sei.

„Sie kennen mich nicht, gnädige Frau, ich heiße Godehard Palgartner, bin katholischer Priester und möchte gleich darum bitten, mein unangemeldetes Eindringen zu entschuldigen."

„Kommen Sie zu mir?"

„Ja, gnädige Frau, ich besuche Sie, wenn Sie erlauben."

„Wie könnte ich es Ihnen jetzt noch verbieten!"

Sie griff ohne hinzusehen blitzschnell nach einer silbernen Glocke, die neben ihr auf dem Fußboden stand.

„Ihre Haushälterin kann Sie nicht hören, sie ist zu Besorgungen außer Haus!"

„Ich weiß, darum läute ich auch nicht! Was wollen Sie also von mir, Hochwürden? Sagt man noch so?"

„Godehard würde mir genügen!"

„Wollen Sie sich nicht wenigstens setzen, Hochwürden?"

„Vielen Dank, gnädige Frau, aber in Anbetracht meiner knapp bemessenen Zeit erlaube ich mir, Sie ohne Umschweife um die Rheingoldpartitur zu bitten, die sich seit Sonntag Nacht auf dem Tisch des Speisezimmers im oberen Stock befindet, wovon ich mich gestern Abend nochmals per Fernglas überzeugen konnte."

„In Anbetracht Ihrer knapp bemessenen Zeit … Die Partitur gehört mir nicht mehr, ich habe sie meiner Enkelin geschenkt."

„Abgesehen davon, dass Sie nicht verschenken können, was Ihnen nie gehört hat, ist es mir aus triftigen Gründen, die ich Ihnen in aller gebotenen Kürze darlegen kann, unmöglich, Ihre bezaubernde Enkelin danach zu fragen."

Palgartners Blick streifte ein auf einem runden Beistelltisch in Teresa Oliveiras Griffnähe liegendes Mobiltelefon, das er mit den Worten „Sie erlauben …“ an sich nahm und sich ihr gegenüber auf den vorderen Rand eines der barocken Armsessel niederließ.

„Die Gründe, ‚in aller gebotenen Kürze‘, Hochwürden!“

„Da es mir Gott sei Dank gelungen ist, eine andere vermisste Partitur, die, deren Musik wir gerade im Hintergrund hören und in deren Diebstahl bedauerlicherweise die Katholische Kirche in Zusammenhang mit ihrem Verhalten gegenüber NS-Kriegsverbrechern involviert ist, sicherzustellen, sehe ich mich gezwungen, diese Sicherstellung auch der des ‚Rheingold‘ angedeihen zu lassen, um jegliche Spur zu tilgen, die auf die Heilige Kirche verweisen könnte, deren Ansehen und Reputation einen solchen Skandal gerade in der heutigen Zeit nicht verkraften könnte, worin Sie mir als einem Priester dieser Kirche vielleicht beipflichten werden, verehrte gnädige Frau.“

Palgartner erhob sich. „Deshalb …“

Teresa begann, die Ausweglosigkeit ihrer Situation zu begreifen.

„Aber das macht doch keinen Sinn, Hochwürden! Was nützt Ihnen eine Partitur, von deren Existenz schon viel zu viele wissen, meine Enkelin, der Musiker –“

Sie unterbrach sich entsetzt, starrte den Priester an und fand in dessen Blick den furchtbaren Fehler ihrer Argumentation bestätigt.

„Wahrscheinlich waren es einzig und allein der Charme, der Zauber und die Schönheit Ihrer Enkelin

Mafalda, die mich diese, allerdings unausweichliche Konsequenz haben vernachlässigen lassen! Dona Oliveira, ich danke Ihnen für die Stringenz und Unbestechlichkeit Ihrer Gedanken und möchte Sie, aus tiefstem Herzen, um Verzeihung dafür bitten, was mir jetzt in aller Demut auferlegt ist, zu tun. Ich sage ‚Demut', weil diese Tat eines fast nicht leistbaren Mutes bedarf, aber ‚Demut' ist nichts anderes als der ‚Mut zum Dienen' …"

„Nein! Nein, Hochwürden! Nehmen Sie doch bitte Vernunft an! Wir sprechen mit Mafalda, sie wird ein Einsehen haben, sie kann auch ihren Musiker überzeugen …", stammelte Teresa, die Armlehnen ihres Sessels mit ihren weißen Händen umklammernd, um sich aufzuschieben; ihr schmaler schwarzer Körper wippte dabei unablässig wie der eines gefangenen Tieres, endlich fiel sie vornüber, aber der Priester konnte mit einer schnellen Bewegung verhindern, dass sie auf dem Steinboden aufschlug, worauf sie sich mit aller Kraft an ihn klammerte.

Palgartner strich über das Haar, den Rücken der zitternden Greisin, hob sie mit beiden Armen auf, trug sie zur Musikanlage und beugte sich mit seiner wimmernden Fracht nieder, um mit dem linken Zeigefinger die Taste zur Regelung der Lautstärke zu drücken.

„… so küsst er die Gottheit von dir!", sang Wotans Stimme in den sonnenhellen Raum.

Unter der unendlich zarten, von der Harfe gehaltenen niederschwebenden Bewegung aller Holzbläser öffnete Teresa Oliveira die Augen und suchte den Blick des Priesters, der sie im Versinken der Streicher wie ein schlafendes Kind in ihren Sessel legte, dann ein mit maurischen

Paradiesblumen besticktes Kissen nahm, das er behutsam auf ihr Gesicht drückte, bis sie, nachdem ein Zucken ihren Körper durchlaufen hatte, aufhörte zu atmen.

„In nomine Patris et Filii et Spiritus Sancti ...", flüsterte der Monsignore, überzeugte sich, dass Teresa Oliveiras Augen geschlossen waren, legte das Kissen auf die algengrün bezogene Chaiselongue und das Mobiltelefon auf den muschelintarsierten Beistelltisch zurück. Er hüllte die Beine der Toten in die Decke, die auf den Boden gefallen war, breitete ihre Hände darauf und platzierte die Fernbedienung dazwischen. Dann holte er die Rheingoldpartitur samt ihrem Leinentuch aus dem oberen Stockwerk und sah sich in der Küche nach einem geeigneten Plastiksack um, den er mit der Aufschrift „Apolónia" in der richtigen Größe fand. Die Worte Wotans „Wer meines Speeres Spitze fürchtet, durchschreite das Feuer nie!" begleiteten ihn durch den weinrot eingefassten graugestrichenen Flur bis zur doppelflügeligen Haustüre, durch deren Fenster er auf das geschlossene Gartentor sah.

Für den Bruchteil einer Sekunde fühlte er einen Stich durch sein Herz gehen, konnte sich aber beruhigen, als er in einem Schlüsselkasten neben der Türe ein Duplikat jenes langen Schlüssels hängen sah, mit dem die Haushälterin an jedem der vier vergangenen Vormittage das Gartentor auf- und wieder zugesperrt hatte. Bei angelehnter Eingangstüre stellte er fest, dass der Schlüssel passte, worauf er diese unter den im Inneren des Hauses lodernden Zweiunddreißigstelflammen des „Feuerzaubers" in ihr Schloss zog, den Vorgarten verließ und das mit Eisenlanzen bewehrte Tor zusperrte.

Lissabon

Als Andreas nach der Generalprobe von Franz Schuberts „Tragischer“ und Gustav Mahlers erster Symphonie ins gleißende Mittagslicht vor dem Südportal des Mosteiro dos Jerónimos trat, konnte er Mafalda nicht finden.

Zunächst glaubte er, sich im Treffpunkt geirrt zu haben und wollte sie anrufen, was aber nicht möglich war, weil sein Mobiltelefon noch immer in Einzelteilen auf einem Schreibtisch der Villa in Albufeira zum Trocknen ausgelegt war.

Er setzte sich auf eine der Steinstufen des in seiner figuralen Opulenz wie verwunschen wirkenden Eingangs in ein Reich, das niemand zu betreten wagte, aus Furcht, selbst als Versteinerung ins Gesprenge dieses Pilasterwaldes gebannt zu werden. Schließlich überwand er diese Furcht, um durch die Kirche in den maurischen Zaubergarten des zweistöckigen Kreuzganges zu gelangen, der ihn jedes Mal, wenn er ihn betrat, mit seiner überquellenden Maßlosigkeit verwirrte, so, wie Parzifal vom Zauberreich Klingsors verwirrt war, der aber um diese Stunde wegen der Hitze des frühen Nachmittags menschenleer war.

„Mafalda!“, rief er, „Mafalda!“, und erhielt „Alda“, „Alda“ als spottendes Echo zurück. „Mafalda!“ – „Alda!“, da trat sie aus dem Dunkel einer der vierjochigen Emporen an die Steinbrüstung des Obergeschosses, die Hände in den Taschen ihres schwarzen Mantels verborgen und sah regungslos zu ihm herab, eine versteinerte Fee unter den erstarrten Felsadern einer verzauberten Grotte.

„Mafalda, was hast du denn?“ – „Asdudenn!“

Andreas rannte hinauf und drehte sie zu sich.

„Was ist denn?“

„Sie ist tot!“

„Wer ist tot?“

„Meine Avózinha ist tot.“

„Aber du hast doch gestern Abend noch mit ihr telefoniert!“

„Sie ist ermordet worden.“

„Woher willst du das wissen?“

„Weil nichts fehlt.“

„Wie bitte?“

„Weil ich Ana ins obere Esszimmer geschickt habe!“

„Und?“

„Es fehlt nichts.“

„Und?“

„Das bedeutet, dass die Partitur weg ist!“

„Warum?“

„Weil Ana nicht wusste, dass sie dort lag! Weil es für sie keine Partitur gibt, also kann sie auch nicht fehlen, begreifst du das nicht?“

„Man muss trotzdem die Polizei verständigen!“

„Sie hat die Polizei verständigt.“

„Und?“

„Die Polizei war da und ist wieder gegangen.“

„Warum?“

„Weil nicht eingebrochen war, weil nichts aufgebrochen war, weil nichts fehlt.“

Andreas schrie: „Weil – nichts – fehlt?“

„Andreas ...!“

„Mein Gott!"

„Warum soll eine alte Frau mit neunzig nicht an einem schönen Septembertag friedlich an Herzversagen sterben, während ihre Haushälterin beim Einkaufen ist?"

„Das ist unfassbar! Wann ist das passiert?"

„Es muss heute Vormittag passiert sein, während der Generalprobe, als mein Handy abgeschaltet war."

„Wer kann so etwas …"

„Jemand, der wie du oder Gottfried hinter der Partitur her war. Der ‚Fluch des Rheingolds' beginnt allmählich zu wirken … reichlich spät, findest du nicht?"

„Aber Gottfried ist doch selbst …"

„Was?"

„ … ermordet worden …"

„Andreas, Gottfried hat auf der Vordernbachalm zu viel getrunken, weil er mit dem Diebstahl seines Großvaters, der noch dazu ein Nazi war, nicht fertig geworden ist. Als ich ging, war die frisch geöffnete Champagnerflasche fast leer, und du kennst doch den Prinzensteig!"

\- - -

„Verzeihst du mir?"

„Was?"

„Meine Verdächtigung."

„Glaubst du, ich hätte dir sonst …"

Andreas nahm ihren Kopf in seine Hände und küsste sie auf die Stirn. Mafalda sah ihn an.

„Was geschieht jetzt?"

„Ich fahre jetzt nach Albufeira zurück, kümmere mich um die arme Ana und werde das Begräbnis organisieren, was soll sonst geschehen?"

„Ich komme mit!"

„Du spielst schön brav dein Konzert unter diesem großartigen Dirigenten und fliegst morgen mit den anderen nach Berlin zurück, um am Samstag und am Sonntag die Wiederholungskonzerte in der Philharmonie zu spielen."

„Mafalda!"

„Ich komme dich in Berlin besuchen, Andreas!"

„Mafalda, ich liebe dich, weißt du das nicht?"

„Ich liebe dich auch, Andreas, weißt du das nicht?"

„Aber dann …"

„Leb wohl, Andreas …"

Sie löste sich von der Steinbrüstung und verlor sich, immer noch die Hände in den Manteltaschen, unter gotischen Baldachinen im Dunkel des Kreuzgangs, in dem ihre Schritte hallten, bis sie die Steinstufen zum Untergeschoss erreicht hatte, über die sie schnell hinunterzulaufen schien.

Rom

Godehard Palgartner hatte beschlossen, sein Büro im Heiligen Offizium erst dann wieder aufzusuchen, wenn er seine Aufgabe erfüllt hatte. Dennoch wählte er den Eingang zur Glaubenskongregation, um auf den Campo Santo Teutonico zu gelangen. Der diensthabende Offizier der Schweizer Garde erkannte ihn, salutierte freundlich, Godehard erwiderte den Gruß ebenso freundlich mit einem deutschen „Guten Morgen" und befand sich nach wenigen Schritten in der efeuüberwucherten, von hunderten Vogelstimmen erfüllten Oase des deutschen Friedhofs, dessen Kleinheit und Geschlossenheit den Eindruck einer Vogelvoliere noch verstärkte.

Die Stimmen des Lebens triumphieren über den Tod, dachte Palgartner, sich bewusst werdend, dass in unmittelbarer Nähe auch die Gebeine des Heiligen Petrus bestattet waren, in der ältesten Nekropole des Vatikans.

Die Spitzen der beiden Pinien über dem Grab des Bischofs waren von der Morgensonne vergoldet. *Geboren am 31. Mai 1885 in Graz, gestorben am 13. Mai 1963 in Rom,* vergegenwärtigte er sich die Lebensdaten jenes Mannes, dessen Fehler er durch einen Mord korrigieren musste, um das Ansehen der Heiligen Kirche vor Verleumdung und Verdächtigungen zu bewahren.

In te, Domine, speravi, non confundar in aeternum, betete er, *auf dich, Herr, setze ich all meine Hoffnung, ich werde in Ewigkeit nicht verloren sein, nicht verloren gehen! Nein, ich bin nicht verloren! Friede deiner Seele!*, und segnete die Grabstätte Bischof Hudals.

Den Weg zur Bibliothek wählte er über die vatikanischen Gärten, vorbei an Santo Stefano, dem ersten Märtyrer der Christenheit, vorbei an der Fontana del Sacramento, dem Brunnen der Sakramente, *die ein wahrer, unerschöpflicher Brunnen sind,* dachte er. Er wollte den Eingang an der Stradone dei Giardini nehmen, um möglichst unbemerkt ins zweite Stockwerk dieses Palastes kirchlicher Glorie zu gelangen.

„Das is' jetzt aber nit wahr! Der Monsignore isch wieder da!"

Palgartner verhielt einen Moment an der Türe zur Bibliothek, ehe er sich nach Laurenz Aufschnaiter umdrehte, der ihn übers ganze Gesicht anstrahlte.

„Und immer bei der Arbeit! Immer bei die Bücher! Bücher oder Computer?", fragte der junge Priester und wollte nach der Laptop-Tasche greifen.

„Computer", antwortete Palgartner und schüttelte ihm die Hand, nachdem er die schwarze, durch die Partituren prall gefüllt wirkende Tasche von der rechten auf die linke Schulter gewechselt hatte.

„Muss ja ein Mordsgerät sein, dass Sie da mit sich herumschleppen, Monsignore! Soll i' trog'n helf'n, i muss nämli' in olten Lesesaal, a weng Kommentare von ‚Humanae vitae' nachschau'n, die immer noch es Thema isch, besonders bei di Weiberleut' …"

Mit „Nein, nein, danke, es geht schon", betraten sie das Gebäude, wobei der junge Südtiroler Priester dem Monsignore schwungvoll die schwere Türe aufhielt.

„Man sollte die Enzyklika von Papst Paul VI. aber nicht auf die Pillenfrage reduzieren, mein lieber Laurenz, es ist ihr nämlich sehr um die Würde der Frau an sich zu tun!“

„Ja … Grad schön is’, ’s Red’n mit Ihnen, Monsignore! Ah ja, da fallt mir ein, ich hätt das kleine Konkordatscolloquium, von dem wir vor aner Woch’n gschproch’n ham, vorbereitet. I han g’meint, Sie halten an klanan Vortrag, nix großes, fünf Minuten, und dann geh’ ma in Diskurs. Übernächstes Wochenende, 26., 27., würd des bei Ihnen geh’n?“

Palgartner sah den neben ihm auf den Stufen tänzelnden jungen Priester von der Seite an.

„Bitte! Monsignore!“

„Das würde geh’n.“

„Wirklich?“

„Ja. Wo?“

„In der Anima, wo sonscht! Oben im groß’n Lesesool, wo sonscht?“

„Gut.“

„Ich hätt’ das woll’n Ihnen schon viel früher sog’n, aber Sie warn ja nit da! I’ war vier-, fünfmal bei Ihrer Wohnung an der Navona, und im Heiligen Offi han i’ g’fragt nach Ihnen, die han auch nix g’wißt, han g’sagt, dass Sie müssen in Bayern sein, und Handynummer han i ja keine von Ihnen! Und durch Zufall treff’ ich Sie! Nein, das war Vorsehung, Zufall gibt’s ja kein’!“

„Vielleicht …!“

Sie waren vor dem so genannten Alten Lesesaal angelangt, Aufschnaiter streckte dem Monsignore die Hand entgegen.

„Als’ dann, i g’frei mi’ schon, Monsignore Godehard!“

Palgartner ergriff und schüttelte die Hand seines Kollegen. „Ich auch, Laurenz, bis bald!“

In der offenen Tür zum Lesesaal drehte er sich noch einmal um, zeigte auf die schwarze Tasche, „Ein Wahnsinnsgerät muss da drin sein!“, und verschwand.

Palgartner atmete einmal tief durch, ehe er langsam in den zweiten Stock stieg und die Abteilung der Bibliothek betrat, in der in einer langen Zimmerflucht hunderte von Schränken und lesepulthohe raumfüllende Kommoden das älteste Archiv des Vatikans der Welt entzogen, den Schriftverkehr des Heiligen Stuhls seit über vierzehnhundert Jahren.

Zwei dieser Riesentabernakel, an deren Herstellung eine Generation von Tischlern in einer Werkstätte am Tiber fünfzehn Jahre lang, von 1645 bis 1660, gearbeitet hatte, ehe die Holzbaumeister ihr Werk drei weitere Jahre in jene Räume passten, in denen Palgartner jetzt stand, hatte er zu Partiturengräbern ausersehen. Hier würde niemand sie jemals finden, für immer ließen sie die Welt in Frieden und fänden selber jene Ruhe wieder, die auch dem Gold in den Tiefen des Rheins beschieden war, bevor ein Zwerg es raubte.

Palgartner suchte die Tür zum Schrifttum aus der Zeit der Völkerwanderung, der Goten, Hunnen und Awaren, dort, an der Wiege des Nibelungenlieds, versenkte er das „Rheingold“, die Göttertöchter aber, die „Walküre“, barg er im Aktenstollen des Heiligen Franziskus, der ganze Heere von Schreibern mit seiner Liebesbotschaft überfiel.

Der Priester kniete nieder, küsste den Ziegelboden vor den Schränken, bezeichnete die Pilgermuschel und den Löwen auf den Türen mit dem Kreuz und ging.

Via Rusticucci

„Pater, peccavi!"

Es war so still in der nur zimmergroßen Hauskapelle der Wohnung des Kardinals, dass der Brand der ölgespeisten Flamme des Ewigen Lichtes vor dem Schrein der Hostien zu hören war.

„In Demut kommst du, und in Reue?", fragte der Kardinal mit leiser Stimme den Priester, der vor ihm auf einem samtgepolsterten Betstuhl kniete.

„Ich habe gemordet, um die Ehre unserer heiligen Mutter Kirche wiederherzustellen. Ich habe der Welt die sündigen, mit Verbrechen behafteten Werke für alle Zeiten entzogen und der Gewalt des Himmels anheim gegeben. Ich habe mich der Sünde der Hoffart schuldig gemacht, indem ich über einen treuen Diener der Kirche richtete, den selbst der Heilige Vater gewähren ließ."

„Aber der Mord, mein Sohn, warum raubtest du einem Geschöpf Gottes das Leben?"

„‚Eine größere Liebe hat niemand als wer sein Leben hingibt für seine Freunde!'"

„Wer es hingibt, nicht, wer es entzieht."

„An der Schwelle des Todes ein Opfer für viele!"

„Das du vollzogst!"

„Das ich vollzog."

„Du sollst nicht töten!" Godehard setzte sich auf das rote Samtkniebrett des Betstuhls, um die Augen des Kardinals sehen zu können, aber die Gläser seiner Brille spiegelten nur die kleine Flamme des Ewigen Lichtes, die im Dunkel zu glimmen schien.

„Ich bitte um Vergebung, Eminenz!“

„Bereust du?“

„Ich bereue, in dem Wissen um meine Schuld.“

„Dann spreche ich dich also los von deinen Sünden und trage dir auf, der Hoffart zu entsagen. Dein Weg im Heiligen Offizium der Glaubenslehre sei hier zu Ende. Dein welt-gewandtes Wesen unterziehe sich der Stille eines Klosters des Vaters des Abendlandes, des Heiligen Benedikt. Folge seinem Ruf nach Übersee, in jenes Land, in dem die Mörder Zuflucht suchten, Argentinien. Dort lerne beten, dort lerne, in Liebe zu arbeiten an den Menschen, die die Armut an die Klostermauern spült, auf dass dein Hochmut sich in Demut wandle. Ich erwarte die Nachricht von deinem Antrag beim Abt Primas! Und jetzt knie nieder.“

Palgartner kniete vor dem Rollstuhl des Kirchenfürsten, dessen knochige Finger seinen Kopf umschlossen.

„Deinde ego te absolvo a peccatis tuis, in nomine Patris et Filii et Spiritus Sancti …“

Pater, peccavi!

Vater, ich habe gesündigt!

Deinde ego te absolvo a peccatis tuis, in nomine Patris et Filii et Spiritus Sancti …

Also spreche ich dich los von deinen Sünden, im Namen des Vaters und des Sohnes und des Heiligen Geistes …

Erläuterungen

Abbado, Claudio (1933 Mailand): Dirigent, 1989–2002 Chefdirigent der Berliner Philharmoniker, Leiter der Salzburger Osterfestspiele.

Benedikt XVI., Papst (1927 Marktl): Papst seit 2005, bürgerlicher Name Joseph Ratzinger.

Berliner Philharmoniker: Mitglieder der Bilse'schen Kapelle gründen 1882 das Berliner Philharmonische Orchester, das sich zu einem der führenden Klangkörper der Welt entwickelt. Chefdirigenten: Hans von Bülow (1830–1894, erster Mann Cosima Liszts, der späteren Frau von Richard Wagner), Arthur Nikisch, Wilhelm Furtwängler, Herbert von Karajan, Claudio Abbado, Sir Simon Rattle.

Bernini, Giovanni Lorenzo (1598 Neapel – 1680 Rom): Einer der bedeutendsten Bildhauer und Architekten des Barock, Hochaltarziborium im Petersdom, Kolonnaden des Petersplatzes, Fontana dei Quattro Fiumi auf der Piazza Navona in Rom im Auftrag Papst Innozenz' X.

Bibliothek Alfonse de Rothschild: 1938 wird die mehrere tausend Bände umfassende Bibliothek beschlagnahmt, gelangt in die „Führerbibliothek" nach Grundlsee, teilweise Restitution 1999 und 2004.

Bibliothek Arthur Schnitzler: Beschlagnahmt 1938, gelangt nach Grundlsee, teilweise Restitution 1947–1949 und 2005 an Sohn Heinrich Schnitzler.

Castiglioni, Camillo (1879 Triest – 1957 Rom): Italienisch-österreichischer Industrieller, Börsenspekulant, Pionier der österreichischen Luftfahrt, wurde als Sohn eines Rabbiners geboren, Förderer von Max Reinhardt, dem Gründer der Salzburger Festspiele, schenkt Reinhardt das aufwändig umgebaute Theater in der Josefstadt in Wien. Ausbau der Villa Jurie am Grundlsee zu seinem aufwändigen Sommersitz, der Villa Castiglioni.

Eichmann, Adolf (1906 Solingen – 1962 in Ramle bei Tel Aviv hingerichtet): SS-Obersturmbannführer, zentraler Organisator der Deportation von über 3 Millionen Juden im Rahmen der „Endlösung". 1946 Flucht nach Argentinien, von Geheimagenten nach Israel entführt.

Eigruber, August (1907 Steyr – 1947 in Landsberg hingerichtet): Seit Mai 1935 NSDAP-Gaugeschäftsführer des Gaus Oberösterreich, 1936 Gauleiter, nach dem „Anschluss" 1938 bestätigt, ab 1940 Reichsstatthalter im Reichsgau Oberdonau. 1945 in Haft, Zeuge bei den Nürnberger Prozessen. Wegen der Verbrechen im KZ Mauthausen von einem amerikanischen Militärgericht im März 1946 zum Tode verurteilt.

Foerster, Josef Bohuslav (1859 Prag – 1951 Nový Vestec): Tschechischer Komponist, Kritiker und von 1903-1918 als Kritiker und Lehrer in Wien, von 1921-31 Professor für Komposition in Prag, 1931-39 Leiter der tschechischen Akademie, Freund und Weggefährte von Gustav Mahler.

Gestapo (= Geheime Staatspolizei): Kriminalpolizeilicher Behördenapparat der Nationalsozialisten von 1933-1945. 1939 Eingliederung in das „Reichssicherheitshauptamt". Besaß die weitreichendsten Machtbefugnisse bei der Bekämpfung politischer Gegner, als da waren Kriminelle, Juden, „Zigeuner", Homosexuelle, „Asoziale", „Arbeitsscheue" etc. Von Göring gegründet, von Himmler, Heydrich, Kaltenbrunner geleitet. Effektivste Terrororganisation des Nationalsozialismus, „Zulieferer" aller Konzentrationslager der Nationalsozialisten in Europa. Bei den Nürnberger Prozessen zur „Verbrecherischen Organisation" erklärt.

Goebbels, Magda (1901 Berlin – 1945 Berlin): 1931 Heirat mit Propagandaminister Joseph Goebbels, begeht zusammen mit ihrem Mann im Führerbunker in Berlin am 1. Mai 1945 Selbstmord, nachdem sie zuvor ihre sechs Kinder vergiftet hat.

Harnoncourt, Nikolaus (1929 Berlin): Cellist, Dirigent, 1952 Aufnahme als Cellist bei den Wiener Symphonikern. 1953 gründet er gemeinsam mit seiner Frau Alice den Concentus Musicus Wien, um seiner intensiven Arbeit mit Originalinstrumenten und der musikalischen Aufführungspraxis von Renaissance- und Barockmusik ein Forum zu geben. Seit 1972 Professur für historische Aufführungspraxis und Instrumentenkunde am Salzburger Mozarteum. Dirigent des Konzertgebouw-Orkest Amsterdam, des Chamber Orchestra of Europe, der Wiener und der Berliner Philharmoniker.

Heydrich, Reinhard (1904 Halle – 1942 in Prag ermordet): im Juli 1941 von Göring mit der Durchführung der „Endlösung" beauftragt, seit September 1941 stellvertretender Reichsprotektor von Böhmen und Mähren, am 20.1.1942 Leitung der „Wannsee-Konferenz", die die „Endlösung der Judenfrage" beschließt, am 27.5.1942 Attentat in Prag.

Hudal, Alois (1885 Graz – 1963 Rom): Österreichischer Bischof, 1923-52 Rektor des deutschsprachigen Priesterkollegs Santa Maria dell'Anima in Rom.

Innozenz X., Papst (1574 Rom – 1655 Rom): 1644-1655 Papst der römisch-katholischen Kirche, bürgerlicher Name: Giovanni Battista Pamphili, Förderer der Künste, vor allem Lorenzo Berninis.

Johann, Erzherzog von Österreich (1782 Florenz – 1859 Graz): Österreichischer Feldmarschall und deutscher Reichsverweser (1848-49), Bruder Kaiser Franz I. von Österreich, heiratet die Ausseer Postmeisterstochter Anna Plochl, deren Liebesgeschichte er unter dem Titel *Der Brandhofer und seine Hausfrau* ein Denkmal setzt. In der Steiermark war er ein halbes Jahrhundert lang Förderer und Modernisierer von Industrie, Landwirtschaft und Eisenbahnwesen sowie im Kultur- und Bildungsbereich.

Johannes XXIII., Papst (1881 Sotto il Monte – 1963 Rom): 1958-1963 Papst der römisch-katholischen Kirche, beruft 1962 das zweite Vatikanische Konzil ein, bürgerlicher Name Giuseppe Roncalli.

Johannes Paul II., Papst (1920 Wadowice – 2005 Rom): 1978-2005 Papst der römisch-katholischen Kirche, bürgerlicher Name: Karol Józef Wojtyla.

Kaltenbrunner, Ernst (1903 Ried im Innkreis – 1946 in Nürnberg hingerichtet): SS-Obergruppenführer, als Nachfolger Heydrichs Chef des Reichssicherheitshauptamtes.

Karajan, Herbert von (1908 Salzburg – 1989 Salzburg): Dirigent, 1957-64 künstlerischer Leiter der Wiener Staatsoper, 1956-60 künstlerischer Leiter der Salzburger Festspiele, 1955-1989 Chefdirigent der Berliner Philharmoniker, 1967 gründet er die Salzburger Osterfestspiele mit der *Walküre* aus Richard Wagners *Ring des Nibelungen*, der in den folgenden Jahren mit *Rheingold*, *Siegfried* und *Götterdämmerung* komplettiert wird.

Laurin, Gertraut, Dr. (1904 Graz – 1973 Graz): Bibliothekarin an der Steiermärkischen Landesbibliothek in Graz, übernimmt am 15.11.1944 die Leitung der „Führerbibliothek" in Grundlsee.

Ludwig II. von Bayern (1845 Schloss Nymphenburg bei München – 1886 wahrscheinlich ermordet im Starnberger See): Aus dem Geschlecht der Wittelsbacher, König von Bayern von 1864 – 1886, Förderer Richard Wagners und Finanzier des Festspielhauses von Bayreuth.

Mahler, Gustav (1860 Kalischt – 1911 Wien): Entstammt einer jüdischen Familie, konvertiert zum Katholizismus, bedeutender Dirigent und Opernleiter, Budapest 1888-91, 1891-97 Stadttheater Hamburg, 1897-1907 Hofoper Wien, als Komponist bedeutender Symphoniker der Spätromantik und des beginnenden 20. Jahrhunderts.

Mautner, Konrad (1880 Wien – 1924 Wien): Großindustrieller (Textilfabrik Marienthal), Volkskundler, Volksliedsammler (*Steyerisches Rasplwerk*, 1910), Grafiker. Familie jüdischen Ursprungs, 1938 in Wien und Grundlsee enteignet, Familie flieht in die Emigration.

Mengele, Josef (1911 Günzburg – angeblich 1979 Embu/Brasilien): SS-Hauptsturmführer, ab 1943 Dienststelle des SS-Standortarztes in Auschwitz, Beteiligung an Selektionen zwecks Tötung arbeitsunfähiger Häftlinge, medizinische Menschenversuche.

Montini, Giovanni Battista: siehe Papst Paul VI.

Pacelli, Eugenio: siehe Pius XII.

Paul VI., Papst (1897 Concesio – 1978 Castel Gandolfo): 1963-1978 Papst der römisch-katholischen Kirche, bürgerlicher Name Giovanni Battista Montini, schließt das von Johannes XXIII. einberufene zweite Vatikanische Konzil ab, war Sekretär von Eugenio Pacelli bei den Verhandlungen des Reichskonkordats.

Pius XII., Papst (1876 Rom – 1958 Castel Gandolfo): 1939-1958 Papst der römisch-katholischen Kirche, bürgerlicher Name Eugenio Pacelli, Kardinalstaatssekretär, verhandelt mit Franz von Papen, Hitlers Stellvertreter, das Reichskonkordat mit der nationalsozialistischen Regierung, das am 20. Juli 1933 in Kraft tritt.

Plochl, Anna (1804 Aussee – 1885 Aussee): Freifrau von Brandhofen (1834), Gräfin von Meran (1850), war eine österreichische Adelige bürgerlicher Herkunft. Als Tochter des Postmeisters Jakob Plochl als ältestes von dreizehn Kindern geboren, führt nach dem Tod der Mutter den elterlichen Haushalt. Im Alter von fünfzehn Jahren Begegnung mit Erzherzog Johann am Toplitzsee, Kaiser Franz I. verweigert bis 1829 die Ehe mit seinem Bruder Johann. Durch den Verzicht auf die Erbfolge erhält Annas und Johanns Sohn Franz den Titel eines Grafen von Meran, der auch auf sie übergeht.

Radetzky, Joseph Wenzel Graf von Radetz (1766 Schloss Trzebnitz, Böhmen – 1858 Mailand): Feldmarschall und bedeutendster Heerführer Österreichs in der ersten Hälfte des 19. Jahrhunderts, Generalkommandant und Feldmarschall der österreichischen Armee im lombardo-venezianischen Königreich, das unter der Herrschaft Österreichs stand.

Rattle, Sir Simon (1955 Liverpool): Dirigent, seit 2002 Chefdirigent der Berliner Philharmoniker, Leiter der Salzburger Osterfestspiele.

Reinhardt, Max (1873 Baden bei Wien – 1943 New York): Theaterregisseur, Intendant, Theatergründer. 1920 Gründer der Salzburger Festspiele, zusammen mit dem Schriftsteller Hugo von Hofmannsthal, dem Komponisten Richard Strauss, dem Bühnenbildner Alfred Roller und dem Wiener Operndirektor Franz Schalk.

Rosegger, Peter (1843 Alpl – 1918 Krieglach): Österreichischer Autor und Volksschriftsteller (*Als ich noch der Waldbauernbub war*, 1902), auf Roseggers Initiative Bau des Waldschulhauses in Alpl 1902, Wiederaufbau der katholischen Kirche in St. Kathrein 1902, der evangelischen Kirche in Mürzzuschlag 1905.

Salazar, Antonio de Oliveira (1889 Santa Comba Dão – 1970 Lissabon): Aus kleinsten landwirtschaftlichen Verhältnissen stammend, sollte zunächst Priester werden, brachte es zum führenden Nationalökonomen an der Universität Coimbra, 1932 - 1968 Ministerpräsident, zeitweise auch Präsident von Portugal, Gründer des „Estado Novo“, einer politischen Diktatur, die mit äußerster Härte das Land regierte und mit der von ihr ins Leben gerufenen Geheimpolizei PIDE (Policia International e Defesa do Estado), die von Mitgliedern der Gestapo aufgebaut und strukturiert wurde, unterdrückte. Dem Salazar-Regime gelang es, sowohl Faschisten und Nationalsozialisten an sich zu binden, bzw. Unterschlupf zu gewähren, als auch Emigrationsziel verfolgter Juden zu sein, die es beide für seine Zwecke zu nutzen wusste.

Schwarzwald, Eugenie (1872 Polupanowka, Österreich-Ungarn – 1940 Zürich): Österreichische Pädagogin, Sozialreformerin und Frauenrechtsaktivistin, Pionierin der Mädchenbildung (Haus „Schönblick“ am Grundlsee).

Stauffenberg, Klaus Schenk Graf von (1907 Jettingen bei Günzburg – 1944 in Berlin hingerichtet): Ab 1943 Chef des Stabes beim allgemeinen Heeresamt, Oberst, 1944 Attentat auf Hitler („Operation Walküre"), nach gescheitertem Attentat verhaftet und noch am selben Tag standrechtlich erschossen.

Wagner, Richard (1813 Leipzig – 1883 Venedig): Komponist, Dramatiker, Schriftsteller, Theaterregisseur, Dirigent. 1876 Gründung der Bayreuther Festspiele mit der vollständigen Aufführung des *Rings des Nibelungen*, gefördert von König Ludwig II. von Bayern.

Wittelsbach, das Haus: Eines der ältesten deutschen Adelsgeschlechter, in Regierungsfunktion von 905-1918.

Wolffhardt, Friedrich, Dr. (1899 Landshut – 1945 vermisst): Bibliothekar, ab 1941 mit dem Aufbau der „Führerbibliothek/Linz" beauftragt, SS-Hauptsturmführer, wird auf eigenen Wunsch am 21.2.45 einberufen.